KB195128

셰리

CHÉRI

셰리

장소미 옮김

목차

시도니 가브리엘 콜레트(Sidonie-Gabrielle Colette)

대한민국의 독자분들에겐 아직까지도 콜레트의 이름이 생소하겠
지만, 그녀는 프랑스의 '국민 작가'라 불릴 만큼 대중적 사랑을 받았
던 작가이다. 생전에 인기와 명예를 모두 누렸던 그녀가 1954년 세
상을 떠났을 때, 그녀의 장례식은 국장으로 치러졌다. 프랑스는 여
성 최초의 국가 장례로 파리의 전설이 된 그녀를 기렸고, 수많은 사
람들이 그녀의 죽음을 함께 애도했다.

노벨 문학상을 받은 작가 르 클레지오는 콜레트에 관해 다음과
같이 말했다.

"이 세계의 유일무이한 '질료의 작가', 우리는 그런 당신을 정말
사랑한다."

"내 삶은 근사했어요. 난 그걸 좀 늦게 깨달았지만." 말년의 콜레
트는 자신의 삶을 이와 같은 말로 평가했다. 타고난 작가적 재능을
한껏 발휘하며 평생을 자유분방하게 살았던 그녀지만, 그런 그녀도

그녀의 강아지 '토비'와 함께 한 콜레트 남장을 한 콜레트

이름을 도둑맞았던 시기가 있었다. 그녀가 20대 초반에 쓴 첫 소설인 『학교의 클로딘』은 그녀의 첫 남편 - 콜레트는 세 번의 결혼을 했다 - 인 사교계 명사 '윌리(앙리 고티에 빌라르)'의 이름으로 출간되었다. '여자가 글을 쓴다는 것을 사람들은 좋지 않게 본다' 라는 것이 남편이 그녀의 글에 자신의 이름을 붙여 출간을 감행한 이유였다. 콜레트는 사랑으로 이에 응했다. 책은 공전의 히트를 치며 그들에게 부와 명예를 안겨준다. 콜레트는 클로딘의 이야기를 소설로 계속 써 나간다.

클로딘 시리즈가 프랑스 전역을 들썩이게 할 만큼 하나의 문화적 현상으로 자리 잡자, 그녀는 도둑맞은 작가의 이름을 돌려받기 위해 자신의 이름도 공동 저자로 올릴 것을 남편에게 요청했으나, 그는 이를 묵살하고 클로딘 연작 저작권을 콜레트의 동의도 받지 않고 출판사에 팔아 버린다. 이 사건을 계기로 콜레트는 윌리와 헤어지고 자신의 이름인 '콜레트'로 글을 쓰기 시작한다.

『셰리』는 콜레트가 잃어버렸던 자신의 이름을 되찾고 집필하던 시절의 소설이자, 명실상부한 콜레트의 대표작으로 꼽히는 작품이다. 연상의 여성 레아와 수려한 외모의 25살 연하의 남성인 셰리의 근친상간을 연상케 하는 사랑이라는 설정이 워낙 파격적이라, 우리나라에서는 1983년 번역된 후 아주 오랫동안 절판 상태였다. 『셰리』는 또한 콜레트의 미래를 예고한 소설이기도 하다. 이 책을 집필하고 몇 년 후, 두 번째 남편 앙리 드 주브넬의 장남인 의붓아들 베르트

펭귄 클래식 『셰리』 표지

영화 <콜레트> 국내 포스터

랑과 연인 관계가 되기 때문이다. 콜레트의 문학은 이처럼 자기 자신의 삶조차 앞서갔다.

소설『셰리』는 요염하고 뜨겁다. 소설 전반에 자연스러운 관능이 흐른다. 하지만 이 소설의 핵심은 마지막 장에 있다. 콜레트가 셰리와 레아의 이야기를 차곡차곡 쌓아 나가며 이 소설을 쓴 것은 아마도 이 마지막 장면을 위한 것이 아닐까.

말년의 콜레트

비단 연인 간의 헤어짐이 아니라 해도, 우리는 살면서 소중한 것을 원치 않게 떠나보내야 하는 상황에 맞닥뜨린다. 그것이 젊음이건, 야망이건, 소중한 사람이건…. 떠나보낸 자리에 남겨진 상실감은 오롯이 자신이 책임져야 하는 것이 삶이다. 『셰리』는 소중한 무언가를 떠나보내 본 적 있는 사람의 가슴에 유리 파편처럼 박혀 있던 기억을 소환하는 소설이다.

2024년 12월
녹색광선 편집부

"레아! 이거 나 줘, 이 진주목걸이! 내 말 듣고 있어, 레아? 이 진주 목걸이 나 달라고!"

어둠 속에서 갑옷처럼 번쩍이는, 구리로 세공된 커다란 철제 침대에선 아무 대답도 흘러나오지 않았다.

"안 될 거 없잖아? 당신만큼이나 나한테도 잘 어울리는데. 심지어 더 잘 어울려!"

쇠고리 장식이 짤깍거리는 소리와 함께 침대 가의 레이스가 풀썩거리며, 황홀한 맨 팔과 가느다란 손목이 나타나더니 아름답고 나른한 두 손을 들어 올렸다.

"그냥 놔 둬, 셰리[1], 목걸이 좀 그만 주물러."

"재밌는데 왜…. 내가 훔쳐 갈까 봐 겁나?"

햇빛이 새어드는 연분홍색 커튼 앞에서 온통 시커메진 셰리가, 지

---

[1] Chéri, '사랑하는 사람, 소중한 사람, 자기, 여보, 내 새끼'의 뜻으로 남성주인공의 애칭이자 별칭이다.

옥의 화염을 배경으로 너울거리는 우아한 악마처럼 덩실거렸다. 하지만 침대 쪽으로 물러나자, 이내 비단 잠옷과 스웨이드 실내화가 드러나며 그는 도로 하얘졌다.

침대에서 흘러나오는 낮고 부드러운 목소리가 대답했다.

"겁나긴. 그러다 목걸이 줄 해질까 봐 그러지. 진주가 무겁거든."

"그렇긴 해." 셰리는 인정했다. "당신이 우습지 않았던 거야, 이 물건을 당신한테 선사한 신사가."

그는 두 창문 사이의 벽에 기대 세워진 긴 거울 앞에서 매우 잘생기고 젊은 남자인 자신의 모습을 응시했다. 크지도 작지도 않은 키에, 머리칼은 티티새의 깃털처럼 파릇했다. 그는 잠옷을 풀어헤쳐 방패처럼 불룩 솟은 단단하고 희뿌연 가슴을 드러냈다. 치아와 깊은 눈의 흰자와 진주 목걸이에서, 똑같은 분홍빛 광채가 번득였다.

여성의 목소리는 재촉했다.

"그만 끌러놓으라니까. 내 말 안 들려?"

젊은 남자는 거울 앞에서 미동도 없이 낮게 웃었다.

"알았어, 알았어, 알겠다고요. 내가 훔쳐 갈까 봐 겁내는 거 아주 잘 알았어!"

"아니라니까. 주면 덥석 받을 거라는 건 알지만."

그는 침대로 쪼르르 달려가 몸을 던졌다.

"당연하지! 난 관습에 얽매이는 사람이 아니거든. 여자한테서 장식 핀에 매달 진주 한 개나 단추로 쓰일 진주 두 개는 잘만 받으면서, 쉰 개를 받는 건 불명예라고 여기는 남자를 멍청하다고 생각하는 편이지."

"나 마흔아홉이야."

"마흔아홉. 나도 셈할 줄 알아. 그나저나 나 어때, 이 목걸이 안 어울려? 얘기해봐, 나 흉해?"

그는 누워있는 여자 쪽으로 고개를 기울여, 작은 치아와 촉촉한 입술 안쪽을 드러내며 도발적으로 웃어보였다.

레아는 침대에서 몸을 일으켜 앉았다.

"말 안 할래. 해봤자 믿지도 않을 거니까. 그런데 넌 코를 그런 식으로 찡그리지 않고는 웃을 수 없는 거야? 코 옆으로 주름이 세 줄은 가야 직성이 풀리나 봐, 그런 거야?"

그는 웃음을 우뚝 멈추고는 이마를 내밀며 교태에 능숙한 늙은 여자처럼 턱을 깊숙이 당겼다. 두 사람은 서로를 적대적으로 바라보았다. 그녀는 속옷과 이불의 레이스 더미 속에서 팔꿈치를 괴고, 그는 침대 가에 두 다리를 모으며 앉은 채로.

그는 생각했다. '생기지도 않은 내 주름 얘기를 떠드는 게 이토록 잘 어울리다니.' 그녀는 생각했다. '왜 이 아이는 웃음이 흉한 거지, 이토록 잘생긴 애가?' 그녀는 잠시 생각에 골몰하다가 입 밖으로 소리 내 생각을 매듭지었다.

"그건 네가 즐거울 때 사악해 보이기 때문이네…. 넌 고약을 떨거나 조롱할 때만 웃거든. 그러니 흉해지지. 넌 흉할 때가 많아."

"그럴 리가!"

셰리는 발끈하며 외쳤다. 분노로 눈썹이 일자로 이어졌고, 촘촘한 속눈썹과 불손한 빛으로 이글거리는 두 눈은 팽창됐으며, 거만하고 단정한 입술은 반원을 그리며 절반쯤 벌어졌다. 레아는 자신이 좋아하는 모습 그대로의 그를 보며 미소 지었다. 반항했다가 이내 순종하며 속박에 힘겨워하면서도 자유로워지지 못하는 모습 말이다. 그녀는 애타게 굴레를 떨치려는 젊은 얼굴에 한 손을 얹으며 짐승을 진정시키기라도 하듯 중얼거렸다.

"자… 자… 또 그런다…. 왜 또…."

그는 아름다운 넓은 어깨로 무너져 내리며 이마와 코로 익숙한 자리를 찾아 파고들었다. 벌써 두 눈을 감고서 기나긴 아침이 보호하는 잠을 찾고 있었다. 레아는 그를 밀쳐냈다.

"안 돼, 셰리! 우리의 국민 마귀할멈 집에서 점심식사가 있잖아. 열두 시 이십 분 전이야."

"정말? 울 대장 집에서 점심을 먹는다고? 당신도?"

레아는 침대 안쪽으로 꼬무락꼬무락 미끄러져 들어갔다.

"아니, 난 휴가야. 난 두 시 반에 커피를 마시러 가든지, 아니면 여섯 시에 차를 마시러 갈 거야. 혹은 여덟 시 십오 분 전에 담배를 피우러 갈 수도 있고… 염려 마, 대장이랑은 너무 자주 만날 거니까…. 무엇보다 난 초대받지도 않았고."

선 채로 골이 나 있던 셰리의 얼굴이 악의로 환해졌다.

"아하, 난 이유를 알지! 다른 손님이 있는 거야! 아름다운 마리로 여사랑 그녀의 치명적인 딸이!"

레아의 커다란 푸른 눈이 허공에서 헤매다가 고정되었다.

"아, 그래? 귀엽더라, 그 여자애. 지 엄마보다는 못해도 귀여워…. 목걸이 좀 그만 끄르라니까."

셰리는 목걸이를 풀어 놓으며 한숨을 쉬었다.

"아쉽네. 바구니에 안성맞춤이겠는데."

레아는 팔꿈치에 의지하여 몸을 일으켰다.

"무슨 바구니?"

셰리는 익살스럽게 진지해지며 대답했다.

"내 바구니 말야. 내 결혼식의 내 보석 바구니."

그는 풀쩍 뛰어오르며 정확한 앙트르샤 시스[2]를 한 뒤에 착지하고는, 머리로 문을 쾅 밀면서 이렇게 외치며 사라졌다.

"목욕물, 로즈! 한가득! 대장 집에서 점심식사가 있어요!"

레아는 생각했다.

'그래, 또 욕실이 강물이 되겠지. 수건 여덟 장이 둥둥 떠다니고 변기엔 면도기에서 떨어진 수염들이 떠 있겠지. 욕실이 두 개만 되었더라도…'

하지만 늘 그렇듯 욕실이 두 개가 되려면 옷방을 없애고 화장하는 방도 줄여야 한다는 데 생각이 미쳤고, 늘 그렇듯 다음과 같이 결론지었다.

'셰리가 결혼할 때까지만 참자.'

그녀는 다시 똑바로 누웠다. 셰리가 전날 벗어던졌던 것들이 눈에 들어왔다. 벽난로 위에 걸쳐진 양말, 18세기 양식의 서랍식 책상 위에 얹힌 팬티, 레아의 흉상 조각 목에 걸린 넥타이. 그녀는 이 뜨거운 남성적 무질서에 절로 미소를 흘리며, 평온하고 커다란 두 눈을 살며시 다시 감았다. 갈색 속눈썹이 여전히 촘촘한 새파란 눈이었다.

---

2 발레 용어로 공중에서 발을 좌우 3회씩 교차하는 동작.

레오니 발롱, 일명 레아 드 롱발은 마흔아홉 살에 이르러 경제적으로 풍요로웠던 행복한 사교계 이력을, 기만적인 재앙이나 고상한 슬픔을 모면한 교양 있는 여자로서의 이력을 끝마쳤다. 그녀는 생년월일을 숨겨왔다. 하지만 셰리에게는 관능적이고 거만한 눈길로 자신이 삶의 작은 낙에 만족해야 하는 나이에 이르렀음을 자백했다. 그녀는 질서와, 아름다운 속옷과, 잘 숙성된 와인과, 공들인 요리를 좋아했다. 떠받들림 받던 젊은 금발 여성 시절에 이어서 부유하고 성숙한 사교계 여성 시절을 보내는 동안 난처한 감정의 폭발도, 모호함도 허용하지 않았다. 그녀의 친구들은 1895년, 경마의 날 행사에서 레아가 자신을 '친애하는 예술가' 취급하는 질 블라스[3] 신문사의 비서에게 다음과 같이 대답했던 것을 기억한다.

"예술가라고요? 아! 아닌 게 아니라 제 연인들이 꽤나 수다스럽긴 하죠…."

동년배 여성들은 그녀의 끄떡없는 건강을 시기했고, 젊은 여성들은 등과 배를 부풀리는 것이 유행이었던 1912년에 레아의 두드러진 가슴을 비아냥거렸으며, 연령에 상관없이 이런저런 여성들이 고르게 셰리와 다니는 것을 질투했다.

레아는 생각했다. '세상에! 뭐가 문제람. 부러우면 자기들이 셰리를 차지하면 그만이잖아. 내가 붙들어 매고 있는 것도 아니고, 혼자서도 잘만 나돌아 다니는 아인데 말이야.'

절반은 거짓말이었다. 그녀가 솔직한 성정대로 더러 입양이라고

---

3 1879년에 일간지로 창간되었다가, 1921년부터 1940년 폐간될때까지 간헐적으로 발행되었다.

부르는, 6년간 이어져온 그들의 관계에 대한 오만도 없지 않았다.

레아는 다시 중얼거렸다. '결혼 바구니라…. 셰리를 결혼시키다니…. 기가 차네, 이건… 비인간적이야…. 젊은 여자를 셰리한테 주다니, 차라리 걔들한테 암사슴을 던져주는 게 낫지. 사람들은 셰리의 실체를 모른다고.'

그녀는 손가락 사이로 침대에 내팽개쳐진 진주목걸이를 묵주처럼 굴렸다. 밤에 목걸이를 벗어두었다. 아침에 아름다운 진주에 홀려 목걸이를 만지작거리던 셰리가 이제는 레아의 목이 두꺼워지고 하얀빛을 잃었다는 것과 표피 속으로 늘어진 근육이 드러난 것을 너무 자주 알아차렸기에 굳이 목을 가릴 필요가 없어졌다. 그녀는 누운 채로 목걸이를 채운 뒤에 협탁 위의 거울을 집어 들고는 거침없이 자신을 평가했다.

'정원사가 따로 없네. 영락없는 농부야. 목걸이 차고서 고구마 밭에 나가는 노르망디 농부. 타조 깃털을 코에 꽂은 격이네. 이것도 많이 봐준 표현이지.'

레아는 어깨를 추어올렸다. 그녀는 이제 더는 마음에 들지 않는 자신의 모든 것에 엄격했다. 가령 다소 불그스름하고 건강하고 생기 있는 안색이 그러했는데, 햇빛을 흠뻑 받은 이 안색이 더 진한 파란색 테두리가 있는 파란 눈의 선명한 색상을 더욱 도드라지게 했다. 당당한 콧대엔 아직 우아함이 남아 있었다. "마리 앙투아네트의 코야!" 셰리의 모친은 이와 같이 단언하고 난 후 잊지 않고 덧붙였다. "… 물론 이 년만 지나면 저 천하의 레아도 루이 16세의 턱이 될 테지만." 결코 웃음보를 터트려본 적 없는 왕의 꽉 다문 입은 수시로 미소를 띠었고, 뜨문뜨문 천천히 껌뻑거리는 커다란 눈과 조화를 이뤘다. 수백 번 추앙되고, 칭송받고, 묘사되는 미소, 결코 질릴 수 없는 깊고 든든한 미소.

몸에 대해 이야기하자면 레아는 '알려진 대로 건강하고 잘 빠진 몸은 오래간다'는 생각이었다. 그녀는 아직 연분홍빛의 하얀 피부로 감싸인 늘씬한 몸에 기다란 다리와 이탈리아 분수대의 요정들처럼 곧고 평평한 등을 가졌다. 골반 보조개와 높이 솟은 가슴까지. 레아는 중얼거렸다. '셰리의 결혼 직후까지는 유지 가능해.'

그녀는 일어나서 실내가운으로 몸을 감싸고는 커튼을 손수 열어젖혔다. 치장이 과한 밝은 분위기의 분홍색 실내로 정오의 태양이 밀려들었다. 지나간 시대의 호사였다. 창문의 이중 레이스 커튼, 결이 살아있는 분홍색 비단 벽지, 황금빛 목재, 분홍색과 흰색 베일이 드리워진 전등, 최신 비단을 씌운 고가구들. 레아는 아늑한 방도, 상당한 걸작품인 황동 세공 침대도 포기하지 않았다. 미관상 생경하고 정강이에는 가혹하지만, 절대 파손되지 않는 침대였다.

셰리의 모친은 옹호했다. "아니, 아냐, 그렇게까지 흉하지 않아. 난 이 방 맘에 들어. 시대가 느껴지잖아. 그게 이 방의 매력이라고. 라 파이바⁴ 저택 분위기야."

'국민 마귀할멈'이 주절거렸던 말이 떠올랐다. 레아는 헝클어진 머리칼을 쓸어 올리며 미소 지었다. 두 문이 맞부딪치는 소리에 이어서 섬세한 가구에 신발을 신은 발이 부딪치는 소리가 들려왔다. 그녀는

---

4 19세기 사교계에서 명성 높던 인물.

서둘러 얼굴을 분칠했다. 바지와 셔츠를 걸친 셰리가 돌아왔다. 파우더 가루를 귀까지 하얗게 묻힌 그는 공격적으로 물었다.

"내 핀 어딨어? 짜증나는 보석함! 이젠 장신구도 막 뒤지는 건가?"

레아는 진지하게 대꾸했다.

"막셀이 장 보러 가면서 넥타이에 꽂은 것 같던데."

유머와 거리가 먼 셰리는 석탄 조각을 맞부닥뜨린 개미처럼 농담에 멈칫했다. 위협적인 발걸음을 우뚝 멈춘 그는 겨우 대답을 찾아냈다.

"고마워라!… 그럼 내 부츠는?"

"어떤 부츠?"

"스웨이드!"

레아는 화장대에 앉은 채 매우 상냥한 두 눈을 치켜뜨며 다정한 목소리로 에둘렀다.

"두말하면 잔소리지."

셰리는 반격했다.

"내 지성을 사랑하는 여자가 나타나면 난 정말 무지하게 성공할 거야. 그날을 기다리며 우선은 내 핀이랑 부츠를 찾아줘."

"왜? 상의에 핀을 사용하진 않을 거고, 신발은 이미 신었잖아."

셰리는 발을 굴렀다.

"관둬, 지긋지긋하니까, 여기선 아무도 날 챙기지 않아! 정말 지긋지긋해!"

레아는 빗을 내려놓았다.

"마침 잘됐네! 꺼져."

그는 거칠게 어깨를 추어올렸다.

"그렇게 말한단 말이지!"

"그래, 가. 난 음식을 타박하며 깨작거리는 손님들은 질색이거든. 네 인자한 엄마한테나 가 봐, 아가야, 거기서 살아."

그는 레아의 시선을 견디지 못하고 두 눈을 내리깔며 초등학생처럼 항변했다.

"뭐야, 그냥 말도 못해? 쫓아낼 거면 녜이에 타고 갈 차라도 빌려주든가."

"안 돼."

"왜?"

"내가 두 시에 외출하거든. 필리베르는 점심식사를 할 거고."

"두 시에 어딜 가는데?"

"나의 종교적 의무를 수행하러. 택시 타게 3프랑이라도 줘?" 레아는 다정하게 말을 이었다. "바보…. 아마 두 시에 마담메르에서 커피 마시게 될 거야. 아직도 불만스러워?"

그는 어린 숫양처럼 이마를 흔들었다.

"난 늘 혼나고, 죄다 거부당해. 내 일인데도 정작 나한테는 숨기고, 또…"

"그래서 넌 그렇게 계속해서 절대 혼자선 옷도 못 입을 거야?"

그녀는 셰리의 손에서 넥타이를 낚아채 매주었다.

"어디 보자!… 아! 이 보라색 넥타이… 마리로와 그 집안 사람들한테 딱이네…. 넥타이에 진주도 꽂고 싶어? 겉멋만 들어서는… 왜, 귀걸이도 달지 그래?"

그는 행복하고 무기력하고 노곤노곤해진 채로 레아의 손길에 몸을 맡기며 태만과 환락에 사로잡혀 두 눈을 감고서 웅얼거렸다.

"내 누누[5], 자기야…."

그녀는 솔로 셰리의 귀를 털어준 뒤, 검정 머리칼을 가르는 푸르스름하고 가느다란 가르마를 바로잡았다. 이어서 향수에 적신 손가락으로 그의 관자놀이를 톡톡 두드리고는 재빠르게 키스했다. 견딜 재간이 없었기 때문이다. 매력적인 입술이 바로 곁에서 숨을 내쉬고 있었다. 셰리는 두 눈을 뜨더니 입술을 벌리며 두 손을 내밀었다. 그녀는 뒤로 물러났다.

"안 돼! 한 시 십오 분 전이야! 어서 가, 이제 우린 절대 다시 만나지 않는 거야!"

"절대?"

"절대!"

레아는 애써 다정하게 받아쳤다.

홀로 남은 그녀는 도도한 미소를 지었다. 억누른 욕망으로 숨이 막혔다. 그녀는 헐떡거리며 저택의 마당을 가로지르는 셰리의 발소리에 귀를 기울였다. 철문을 열었다가 도로 닫은 뒤에 가벼운 발걸음으로 멀어지는 그가 보였다. 그녀는 팔짱을 끼고 걷던 심부름 나온 소녀 세 명이 그에게 황홀한 시선을 보내는 것을 지켜보았다.

"어머나! 세상에!… 비현실적이야… 한 번 만져본다고 할까?"

하지만 그런 찬사에 이미 이골이 난 셰리는 뒤도 돌아보지 않았다.

---

5 nounou, '유모'의 뜻. 셰리가 어릴 때부터 레아를 일컫던 말이 애칭으로 굳어졌다.

"목욕물 좀, 로즈! 매니큐어가 벗겨질 것 같은데 너무 늦었네. 새로 산 파란색 투피스를 준비해줘요. 파란 모자도 함께. 흰색 안감을 댄 걸로. 그리고 통굽 구두도… 아니, 잠깐…"

레아는 다리를 꼬아 발목을 쓰다듬으며 고개를 주억거렸다.

"끈 달린 파란 염소가죽 부츠가 좋겠어요. 오늘 발이 좀 부었거든. 너무 덥네."

머리에 망사를 두른 나이 지긋한 가정부는 레아에게 동의하는 눈빛을 보내며 고분고분 되받았다.

"네…. 너무 더워요." 그러고는 어깨를 추어올렸다. 마치 '당연하잖아요…. 모든 것이 시들시들해지게 마련이죠'라고 말하려는 듯이.

셰리가 떠나고 레아는 활력을 되찾았다. 명료하고 가벼워진 그녀는 채 한 시간도 안 되어 목욕을 마쳤다. 그리고는 백단향 향수를 몸에 가볍게 문지른 뒤 머리를 빗질하고서 신을 꿰신었다. 고데기가 달궈지는 동안을 틈타, 집사가 작성한 가계부를 검토하는가 하면 시중꾼인 에밀을 불러 거울에 서린 푸르스름한 김을 지적하기도 했다. 그녀는 대부분의 사람들이 절대 빠져나가지 못하는 날카롭고 단호한 눈빛으로 주위를 일별했다. 그런 다음 젖은 청개구리 색의 뤼벨 산(産) 접시[6]에 담긴 꼭지를 따지 않은 6월의 딸기와 보부레 드라이 화이트 와인에 미소를 흘리며, 흔연한 고독 속에서 점심을 들었다. 예전에 한 미식가가 이 직사각형의 거실을 위해 루이 16세 양식의 대형 거울이며 같은 시대의 영국 가구들을 선택했을 터였다. 여백이 넉넉한 식기장, 받침대가 높은 식기대, 날렵하면서도 탄탄한 의자, 짙은 색 목재로 제작된 그 모든 것에 얄따란 화환이 조각되었다. 거울들과 다량의 은식기들이 홍건한 햇빛을 받고 있었고, 그 위로 뷔조 대로 가로수 잎들의 초록색 반사광이 어른거렸다. 레아는 식사를 하면서도 연신 포크의 장식 조각에 묻은 빨간 가루를 면밀히 살피는가 하면, 짙은 색 목재의 윤이 살아있는지 더 자세히 들여다보기 위해 한쪽 눈을 가늘게 떴다. 집사는 레아의 뒤에서 그 모든 움직임에 조바심을 쳤다.

레아는 말했다.

"막셀, 일주일 전부터 굳은 왁스를 사용하는 것 같아요."

"그렇습니까?"

"네, 중탕으로 녹이면서 기름을 첨가하세요. 다시 칠할 것까지는 없고요. 보부레 와인을 좀 이르게 개봉했어요. 식탁을 치우는 대로 창

---

6 1800년대 초중반에 약 20년 동안 생산된 디저트 식기로 풍경, 인물, 과일 등의 그림과 강렬한 컬러가 특징이며, 200이 지난 지금까지도 애호되고 있다. 초록색이 가장 많고 유명하며, 콜레트의 표현을 따라 아예 '청개구리 초록색'으로 불린다.

의 덧문은 다 닫도록 해요. 더위가 굉장하네요."

"알겠습니다, 사모님. 오늘 셰⋯ 플루 씨도 저녁 식사하시는지요?"

"그럴 거예요⋯. 오늘 저녁엔 크렘쉬르프리즈 케이크는 올리지 말아요. 디저트는 케이크 건너뛰고 딸기즙 소스 셔벳만으로 끝낼 거예요. 커피는 방으로."

레아는 일어섰다. 크고 곧은 몸매, 허벅지에 달라붙은 치마 속으로 훤히 드러난 두 다리, 그녀는 집사의 자제하는 시선 속에서 '사모님은 정말 아름다워'를 읽어낼 여유를 가졌고 그것이 불쾌하지 않았다.

'아름답다니⋯.' 레아는 방으로 올라가며 생각했다. '천만에, 이젠 아닌걸. 이제 나한테 어울리는 건 머리에 뒤집어쓰는 흰색 헝겊 모자며 희끄무레한 연분홍색 속옷이며 실내복 따위일 뿐이지. 아름답다니⋯. 풋⋯. 그나마 그것도 이제 나한텐 아무 소용없⋯'

그럼에도 레아는 비단 벽지를 두른 방에서 커피를 마시고 신문을 뒤적이면서 잠시의 낮잠도 허용하지 않았다. 다음 순간, 운전기사에게 행선지를 알리고 있는 그녀는 전쟁에 임하는 결연한 얼굴이었다.

"플루 부인 집으로."

뇌이의 엥케르만 대로, 철문을 지나 바람이 희미한 6월의 신록 아래 바짝 말라붙은 부아의 오솔길을 걸으며 레아는 생각했다. '대체 나는 이 길을 몇 번이나 오간 걸까?' 그녀는 횟수를 헤아리다가 이내 포기했고, 플루 부인 집 앞 자갈길에 이르자 걸음을 멈추고는 집

안에서 흘러나오는 소리에 귀를 기울여 동태를 염탐했다.

'홀에 다 모였군.'

레아는 집 앞에 이르기 전에 파우더를 다시 칠하고, 안개처럼 망사가 촘촘한 파란색 베일을 턱 위로 끌어올렸다. 그녀는 집을 관통하는 회랑으로 안내하는 수위에게 대답했다.

"아니, 정원 쪽으로 돌아서 가겠어요."

거의 공원이라고 할 만한 진정한 정원이었다. 파리 외곽의 동떨어진 곳에 위치한 온통 새하얀 대저택. 플루 부인의 저택은 네이가 아직 파리 근처에 있던 시절에 '시골 궁전'으로 불렸다. 창고가 된 마구간, 세탁장과 개 사육장이 있는 부속 건물이 이를 입증했다. 당구장이며 현관이며 식당의 어마어마한 규모 또한 그러했다.

"플루 부인은 돈이라면 신물이 나겠어." 플루 부인과 포커나 베지그 카드게임을 해주는 대신 저녁식사와 브랜디를 제공받는 나이 든 식객 여자들은 경건하게 결론지으며 덧붙였다. "아니, 애초에 돈이 없어 보기나 했느냐고?"

레아는 한쪽에 흐드러진 불타는 듯한 영산홍과 아치를 이룬 장미꽃들 사이에 서 있는 아카시아 나무 그늘 밑을 걸어갔다. 웅얼거리는 듯한 목소리가 들리는가 싶더니, 이내 플루 부인의 트럼펫 같은 콧소리와 셰리의 카랑카랑하게 터져 나오는 웃음소리에 묻혀버렸다.

레아는 생각했다. '하여튼 웃음이 안 좋은 애야.' 그녀는 잠시 멈추어 서서 처음 듣는 여성의 목소리에 귀를 기울였다. 가늘고 상냥한 목소리를 쩌렁쩌렁한 트럼펫 목소리가 곧바로 뒤덮었다.

'그 여자애로군.'

레아는 빠르게 걸음을 옮겨 전면창인 홀의 입구에 모습을 드러냈다. 플루 부인은 탄성을 터뜨렸다.

"저기 우리의 아름다운 친구가 도착했네요!"

작은 항아리 같은 플루 부인은 실은 부인이 아니라 미혼이며, 열 살에서 열여섯 살까지 무희였다. 레아는 이따금 플루 부인한테서 예전의 '오동통한 금발 에로스'나 '보조개 요정'을 상기시키는 구석을 찾아보았으나, 커다랗고 냉혹한 두 눈과 우아하면서도 단단한 코와 나름대로 교태를 부리는 방식인, 발레의 5가지 발동작 중에서 다섯 번째 동작[7]만을 발견할 뿐이었다.

흔들의자에 파묻혀 있다가 불쑥 나타난 셰리가 다가왔다. 그는 레아의 손등에 키스하고는 몸에 밴 이 우아한 동작을 다음의 말로 망쳤다.

"젠장! 또 베일을 썼네, 베일은 질색이라니까."

플루 부인이 끼어들었다. "레아 좀 가만 놔둘 수 없겠니! 여자에겐 왜 베일을 썼는지 묻지 않는 것이 예의란다!" 그녀는 레아에게 다정하게 말했다. "우린 절대 그런 짓은 안 하는데 말이야."

다른 두 여성은 블라인드 틈새로 비쳐 드는 황금빛 그늘 속에서 몸을 일으켰다. 그중에 연보라색 옷을 입은 여성이 자신을 머리부터 발끝까지 훑는 레아에게 명백히 차가운 태도로 손을 내밀었다. 레아는 말했다.

"세상에, 정말 아름다워요, 마리로, 누구도 당신보다 완벽할 순 없

---

7 양 무릎이 바깥을 향한 채로 한쪽 발의 뒤꿈치와 다른 발의 앞꿈치를 빈틈없이 붙이는 동작.

을 것 같네요!"

마리로는 웃어주었다. 다갈색 머리칼에, 어떤 동작이나 말도 없이 감탄을 드러낼 수 있는 갈색 눈동자의 젊은 여성이었다. 그녀는 거드름을 피우며 다른 젊은 여성을 가리켰다.

"내 딸 에드메를 알아보시겠어요?"

레아가 손을 내밀자, 젊은 여자는 잠시 뜸을 들이다가 그 손을 잡았다.

"이런, 내가 알아봤어야 했는데. 학생들은 워낙에 금세 변해놔서요. 마리로가 변하는 것에도 번번이 좌절할 뿐인데 말이죠. 그럼 이제 기숙생 생활에서 완전히 해방된 건가요?"

"아무렴, 아무렴, 이런 매력적이고, 은혜롭고, 경이로운 열아홉 청춘을 언제까지나 꽁꽁 가둬둘 순 없는 법이지!"

플루 부인이 외치자 마리로는 감미롭게 정정했다.

"열여덟이랍니다."

"열여덟, 열여덟!… 그래요, 열여덟! 레아, 기억나? 셰리가 중학교에서 도망쳤을 때 이 아이가 첫 영성체를 치렀던 거? 기억나지? 그래, 말썽꾸러기 같으니, 너 도망쳤었잖아, 우리 모두 너나 할 것 없이 어찌나 기겁했던지!"

"기억하고말고." 레아는 대답하며 어떤 의미로는 공명정대한 펜싱 선수가 '투셰[8]'를 외치듯 마리로와 고갯짓을 나누었다.

"얼른 결혼시켜야 해요, 둘을 얼른 결혼시켜야 해요! 우리 다 같이

---

8 펜싱 용어로 '찔렸다'는 뜻이며 상대의 득점을 인정한다는 의미이다.

결혼식에 가자고요!"

근본적인 진실은 두 번 이상 되뇌어야 직성이 풀리는 플루 부인은 수선을 떨며 허공에서 양손을 흔들었다. 젊은 여자는 두려움이 어린 천진한 눈길로 그녀를 바라보았다.

레아는 그녀를 유심히 살피며 생각했다. '영락없는 마리로의 딸이로군. 은근히 제 어미의 빛나는 요소를 죄다 빼 박았어. 분칠한 듯한 부드러운 잿빛 머리칼, 무언가를 숨기는 듯한 불안한 눈빛, 말하거나 웃는 걸 억누르는 입술… 철저히 마리로에게 필수적이었던 덕목들…. 그래서 마리로가 딸을 증오하기도 하겠는걸.'

플루 부인은 자애로운 미소를 지으며 레아와 젊은 여자 사이로 끼어들었다.

"정원에서 벌써 친해진 모양이더라고, 이 두 아이가!"

플루 부인은 창가에서 담배를 피우는 셰리를 가리켰다. 그는 궐련용 파이프를 입에 문 채로 연기를 피하기 위해 고개를 뒤로 젖혔다. 세 여자는 젊은 남자의 뒤로 넘어간 이마와 반쯤 감긴 속눈썹과 미동도 없이 모으고 있는 두 발을 바라보았다. 마치 공중에서 잠이 든 듯한 가볍고 몽환적인 모습이었다. 레아는 젊은 여자의 정복당한 듯한 당혹스러운 표정을 조금도 놓치지 않았다. 그녀는 젊은 여자의 팔을 건드려 소스라치게 하는 즐거움을 누렸다. 에드메는 전신을 부르르 떨며 팔을 확 거두더니 낮은 소리로 사납게 물었다.

"뭐죠?…"

레아는 대답했다. "아무것도 아니에요. 장갑이 떨어져서 주우려던 것뿐."

"그만 갈까, 에드메?"

마리로는 심상하게 물었다.

말수 없고 순종적인 젊은 여자는 양 지느러미를 연신 흔들어대는 플루 부인에게 다가갔다.

"벌써요? 안 되는데! 그럼 또 만나요! 또 만나요!"

마리로는 대답했다.

"제법 지체한걸요. 여기도 곧 손님들이 많아질 테고요. 일요일 오후잖아요. 애는 아직 사람 많은 곳이 익숙지 않아요…."

플루 부인은 외쳤다.

"그럼요, 그럼요. 그도 그럴 것이 오랫동안 혼자 갇혀 지냈잖아요!"

마리로는 미소 지었다. 레아는 '안녕히!'의 뜻으로 그녀를 응시했다.

"… 곧 다시 찾아뵐게요."

"목요일, 목요일이요! 레아, 자기도 목요일에 점심 식사하러 올 거지?"

"갈게."

셰리는 홀 입구의 에드메에게 다가가 그녀 곁에 서서 세 여자를 등진 채로 그 모든 대화를 경멸하다가 레아의 답변이 들리자 돌아보며 끼어들었다.

"좋네요. 다 함께 산책도 하죠."

플루 부인은 다정하게 강조했다.

"그럼, 그럼. 너희 나이엔 그래야지. 에드메는 셰리와 앞에서 걸으렴. 우리는 뒤 따라갈게. 우리는 뒤에서 조용히. 젊은 애들이 앞서야지, 청춘들이 앞서야지! 셰리, 내 아들, 마리로의 차 좀 대기시켜 주겠니?"

플루 부인은 이번에도 오동통한 작은 발로 자갈길에서 뒤뚱거리면서도 손님들을 오솔길 모퉁이까지 배웅한 뒤에야 셰리에게 넘겼다. 그녀가 돌아오자 레아는 모자를 벗고서 담배에 불을 붙였다.

"참 예쁘지, 두 모녀! 안 그래, 레아?"

플루 부인은 숨을 헐떡이며 물었다. 레아는 담배 연기를 한 줄기 내뿜었다.

"매력적이야. 특히 마리로!…"

셰리가 들어왔다.

"마리로가 어쨌다고?"

"아주 예쁘다고!"

플루 부인은 인정했다.

"그렇지! 그렇지!… 맞아, 맞아… 정말 예뻤었지!"

셰리와 레아는 눈을 마주치며 웃었다. 레아는 짚었다.

"'예뻤었지!'라니. 지금도 청춘이더라고! 주름 하나 없어! 아직 연보라색도 입을 수 있고 말이야. 내가 증오하고 날 거부하는 그 망할 색깔!"

크고 냉혹한 두 눈과 얇은 코가 브랜디 잔에서 떨어졌다. 플루 부인은 외쳤다.

"아직 젊지! 아직 젊지! 마리로가 에드메를 1895년에 가졌으니까. 아니, 94년이구나. 그때 그 엄청난 분홍 다이아를 선물한 칼일베이를 버리고 노래 선생과 튀었잖아…. 아니! 아니! 잠깐!… 그보다 일

년 전이네!…"

플루 부인의 트럼펫이 우렁차게, 다 틀리게 울렸다. 레아는 한 손을 귀에 가져갔다. 셰리는 거만하게 말했다.

"엄마 목소리만 안 들리면 굉장히 아름다운 오후 시간이겠어."

아들의 무례에 익숙한 플루 부인은 분노하지도 않고 아들을 힐끔 본 뒤에 점잖게 자리에 앉았다. 짧은 다리에 비해 너무 높은 안락의자에서 두 발이 건들거렸다. 그녀는 두 손으로 브랜디 잔을 감싸 술을 데웠다. 레아는 흔들의자에서 건들대며 이따금 셰리를 힐끔거렸다. 셰리는 등나무 의자에서 뒹굴고 있었다. 상의의 단추는 풀어 헤쳤고 반쯤 사그라진 담배는 입에 문 채였으며 앞머리 한 가닥이 눈썹까지 늘어졌다. 레아는 내심 그를 잘생긴 악당으로 미화했다.

그들은 서로에게 잘 보이려 하지도 굳이 대화를 시도하려 하지도 않은 채 평온하게, 어떤 의미로는 행복하게 나란히 앉아 있었다. 서로를 침묵 속에 내버려두는 그 오랜 습관이 셰리에게는 무기력을, 레아에게는 평화를 가져다주었다. 심해지는 더위 탓에 플루 부인은 좁은 치마를 무릎까지 들어 올려 선원같이 불룩한 장딴지를 드러냈다. 셰리는 거칠게 넥타이를 풀었다. 레아는 "쯔… 쯔…" 혀를 차는 것으로 그의 행동을 나무랐다. 플루 부인은 의식이 몽롱해진 채로 두둔했다.

"오! 그냥 둬, 하고 싶은 대로 하도록. 너무 덥네…. 가운 줄까, 레아?"

"아니, 고마워. 난 이대로 아주 좋아."

레아는 오후 시간의 이 느슨함이 혐오스러웠다. 그녀의 어린 연인은 우연이라도 낮 시간에 코르셋을 끌러놓는다든지 슬리퍼를 신고 있다든지 하는 흐트러진 그녀를 결코 본 적 없었다. '차라리 나체가 낫지, 흐트러진 옷차림은 절대 안 돼.' 레아는 삽화가 실린 신문을 다시 집어 들었으나 읽지는 않았다. '저 플루 모자를 잘 차려진 식탁에 앉히거나 시골로 데려간다면, 바로 난리가 날걸. 엄마는 코르셋을, 아들은 조끼를 벗어던질 거야. 그야말로 휴가 중인 비스트로의 야만인들이겠네.' 레아는 야만인들의 난입으로 고소당할 위기에 놓인 비스트로의 잔상을 떨치며 분개한 시선을 들어 잠든 셰리를 바라보았다. 하얀 뺨으로 내려앉은 속눈썹, 꼭 다문 입술, 아래쪽에서 빛을 받은 윗입술의 감미로운 아치가 양 옆의 움푹 팬 두 지점을 위로 끌어올렸다. 레아는 그가 와인 판매업자보다는 신(神)에 훨씬 가깝다는 것을 인정했다. 그녀는 몸을 일으키지 않은 채로 채 꺼지지 않은 담배를 셰리의 손가락 사이에서 조심스럽게 빼내어 재떨이에 던졌다. 잠든 이의 손이 흐늘거리더니, 잔인한 손톱으로 무장한 가느다란 손가락들이 시든 꽃잎처럼 축 늘어졌다. 결코 여성적이지 않지만 통념보다 좀 더 아름다운 손, 레아가 비굴함 없이 쾌락을 위해서, 향이 좋아서 수백 번도 더 키스한 손이었다.

레아는 신문 너머로 옆쪽의 플루 부인을 살폈다. '여기도 잠들었나?' 레아는 모자의 낮잠이 깨어있는 자신에게 더위와 그늘과 태양 속에서 선사한 한 시간 여의 정신적 고독이 만족스러웠다.

하지만 플루 부인은 잠들지 않았다. 그녀는 안락의자에서 부처처럼 정면을 바라보며 질 좋은 샴페인을 알코올중독인 갓난애처럼 꿀떡꿀떡 빨아들였다.

'왜 안 자는 거지?' 레아는 의문이었다. '일요일이잖아. 점심도 잘 먹었겠다, 다섯 시엔 식충이 늙은이들이 들이닥칠 테니 자둬야 마땅한데. 그럼에도 잠들지 않았다는 건, 무언가 잘못을 저질렀다는 뜻이지.'

두 여자는 이십오 년째 친분을 유지하고 있었다. 한 남자가 부유하게 만들어준 뒤 떠나고 나면 다른 남자가 파산시키는 가벼운 여자들의 적대적 친교, 첫 주름과 첫 흰 머리의 위협에 직면한 경쟁자들의 심술궂은 친교. 긍정적인 여자들의 우정. 둘 다 이재에 밝으나 한 명은 인색하고 다른 한 명은 향락적이었다…. 서로가 서로에게 중요한 관계였다. 이후에는 보다 강력한 또 다른 관계가 두 여자 사이를 이었다. 바로 셰리였다.

레아는 기다란 곱슬머리가 매혹적인 유년 시절의 셰리를 떠올렸다. 그는 아주 어렸을 땐 아직 셰리가 아닌 그저 프레드였다.

셰리는 잊히고 사랑받기를 반복하면서 무미건조한 가정부들과 냉소적인 시중꾼들의 손에서 자라났다. 그가 태어나면서 불가사의하게 집안이 풍족해졌음에도, '저 흡혈귀들'의 고함에 둘러싸인 때문인지 셰리 주변에선 미스(miss)가 됐든 프롤라인(Fräulein[9])이 됐든 또래 여성은 도통 찾아볼 수 없었다.

"샤를로트 플루, 이 구시대의 여인!" 늙고 지치고 소진되었으나 꺾

---

9 독일어로 miss의 뜻.

이지 않는 불굴의 바르텔레미 남작이 허물없이 주워섬기곤 했다.

"샤를로트 플루, 당신은 아들을 감히 매춘부의 아들로 기를 수 있는 유일한 여자야, 그대의 발랄한 도덕관에 경의를! 구시대의 여인, 당신은 책도 읽지 않고 여행도 일절 하지 않으면서도, 측근을 돌보고 자식을 가정부들이 키우게 하지. 이렇게 순수할 데가! 마치 에드몽 아부[10]같이! 귀스타브 드로즈[11]같이! 그들에 대해 전혀 알지 못하면서도 말이야!"

따라서 셰리는 자유분방한 유년시절의 온갖 즐거움을 맛보았다. 그는 혀 짧은 소리를 웅얼거리던 시절에 이미 찬간에서 쑥덕거리는 저속한 뒷얘기들을 주워들었고, 부엌에서 몰래 야식을 얻어먹었다. 모친의 욕조에서 붓꽃 향 바디밀크로 목욕을 하고 수건 한끝으로 쓱싹 세수를 대신했다. 사탕이 목으로 넘어가 고생하는가 하면, 까맣게 잊힌 채 아무도 저녁을 주지 않아 아사 상태로 발작을 일으키기도 했고, 샤를로트 플루가 아들을 과시하기 위해 데려간 꽃놀이에서 반 벌거숭이 상태로 축축한 장미 밭에 앉아 지루해하다가 감기에 걸리기 일쑤였다. 열두 살엔 불법도박장에서 성대하게 즐길 기회도 얻었다. 한 미국인 부인이 그에게 판돈으로 20프랑짜리 금화 한 움큼을 건네며 그를 '작은 걸작품'이라 불렀던 것이다. 비슷한 시

---

10 19세기 프랑스 작가, 기자, 문화평론가, 프랑스 학술원 회원. 오리엔트 특급열차의 첫 탑 승객 중 한 사람이었고 다수의 소설, 평론, 에세이에서 시대를 조롱하고 풍자하며 진보적이고 자유로운 성향을 보였다.

11 19세기 프랑스 화가, 소설가. 1870년대에 『남편, 아내, 아기』가 유럽과 미국에서 선풍적인 인기를 끌었다. 날카롭고 풍자적인 이 가정 풍속도에서 처음으로 유아와 어린이가 문학의 주요 캐릭터로 등장했고, 이후에 '아기(bébé)'라는 단어가 널리 통용되었다.

기에 플루 부인은 한 사제를 아들의 스승으로 붙였으나, 열 달 만에 돌려보냈다. 그녀는 고백했다. "집안 곳곳을 쓸고 다니는 그 검정 사제복을 볼 때마다 내가 불쌍한 피붙이를 거둔 기분이더라니까. 내 장담하는데 집구석에 불쌍한 피붙이를 데리고 있는 것보다 더 슬픈 건 아무것도 없을 거야!"

열네 살에 셰리는 중학교를 골랐고 입학했으나 학교를 믿지 않았다. 그는 자신을 옥죄는 모든 감옥을 거부하며 달아났다. 그때마다 플루 부인은 아들을 다시 수감시킬 에너지뿐만 아니라, 아들의 울음과 원성 앞에서 두 귀를 막은 채 이렇게 외치며 달아날 에너지도 찾아냈다. "꼴도 보기 싫어! 꼴도 보기 싫다고!" 어찌나 진심 어린 외침이었던지 과연 그녀는 한 젊은 남자를 대동하고서 파리에서 멀리 달아났으나, 2년 뒤에 별반 양심의 가책 없이 혼자 돌아왔다. 그녀의 마지막 사랑의 일탈이었다.

다시 만난 아들은 너무 빨리 자라버렸다. 각지고 다크서클이 내려앉은 얼굴에 양복을 걸쳤는데, 말투도 그보다 더 어눌할 수 없었다. 플루 부인은 가슴을 치며 셰리를 기숙사에서 데려왔다. 이제 그는 공부를 전면 중단하고서 마필이며 자동차며 보석을 갖길 원했고, 다달이 두둑한 용돈을 요구했고, 모친이 가슴을 치며 쉿소리를 낼라치면 다음의 말로 차단했다.

"플루 여사님, 안달복달할 거 없어요. 경애하는 어머니, 걱정 붙들어 매라고요. 이 세상에 엄마를 파산시킬 사람이 나 하나뿐이라면 죽는 날까지 애지중지하는 그 미국제 이불 덮고서 따뜻하게 살다 갈 수 있으니까. 난 법정후견인 따위엔 취미가 없어. 엄마 돈이 결국 내 돈이잖아. 나한테 맡기라고. 친구들이야 저녁식사와 샴페인으로 돈독해지면 되는 거고, 저 여사님들한테는 플루 여사, 당신이 나한테 한 짓을 적용하고 싶진 않을 거잖아, 나도 저 여사님들한테 예술적인 골동품에 대해 경외감 이상의 것을 배우기도 했고. 거기에 다른 분야까지!"

플루 부인은 그가 공중제비를 도는 동안 조용히 눈물을 쏟으며 자신이 세상에서 가장 행복한 엄마임을 자인했다. 셰리가 자동차들을 사들이기 시작하자 그녀는 다시 부들거렸으나 그 즉시 그가 충고했다.

"핵심을 보라고요, 플루 여사!" 그는 말들을 내다팔았고, 두 운전기사의 장부를 꼼꼼히 살피기를 게을리하지 않았다. 그는 셈이 빠르고 정확했으며 그가 종이에 느릿느릿 휘갈기는 꽤 큼직한 숫자들은 기름하고 날렵했다.

셰리는 애늙은이, 좀스러운 금리생활자로 변신하며 열일곱 살을 맞았다. 여전히 잘생겼지만 여위고 호흡이 짧아졌다. 플루 부인은 와인 창고에서 병들의 개수를 세고 돌아오는 아들과 지하 계단에서 몇 번째인지도 모르게 마주치곤 했다.

그녀는 레아에게 말했다.

"믿어져?! 너무 환상적이야!"

레아는 대답했다.

"너무 지나치게 환상적이지. 이대로는 안 돼. 좋게 끝날 리 없지. 셰리, 혀 좀 보여주겠니?"

셰리는 불손하기 짝이 없는 오만상을 지으며 혀를 내밀었다. 그가 반말을 하는 일종의 응석받이 대모인 레아, 더할 수 없이 친밀한 관계인 레아는 그의 어떤 고약한 태도에도 눈 하나 깜빡하지 않았다. 레아는 물었다.

"간밤에 네가 늙다리 릴리와 바에 있는 걸 누가 봤다던데 사실이야? 그이 무릎에 앉아 있었다던데?"

셰리는 비아냥거렸다.

"무릎이라니! 그 할머니 무릎이 없어진 지가 언젠데! 다 녹아내렸거든."

레아는 좀 더 엄격하게 채근했다.

"그이가 너한테 후추 진 토닉을 마시게 했다던데 사실이야? 그게 얼마나 입안이 얼얼해지는 줄 알아?"

어느 날, 상처받은 셰리는 레아의 취조에 응수했다.

"대체 왜 나한테 그런 걸 죄다 묻는 거야? 누구도 내가 뭘 하는지 똑똑히 봤잖아. 거기 구석 골방에 복서 파트롱과 딱 붙어있었으니까 말이야!"

레아는 태연하게 대답했다.

"정확해. 파트롱은 늘 꼿꼿하지, 알아? 변변찮은 얼굴에 눈가엔 멍을 달고 살지만 다른 매력이 있다고."

그 주의 어느 밤에 셰리는 몽마르트르와 레 알에서 그를 '내 아기'라거나 '내 악당'이라고 부르는 여자들과 소란을 떨었으나, 아무 의욕이 없었다. 두통으로 고통스러웠고 마른기침이 났다. 플루 여사는 마사지사인 리보 부인과, 코르셋 제조자인 늙다리 릴리와, 바르텔레미에게 새로운 고민을 상담했다. "아! 정말이지 우리네 엄마들에게 인생이란 끝도 없는 고역이네요!" 그녀는 세상에서 가장 행복한 엄마에서 지극히 자연스럽게 순교자 엄마로 넘어갔다.

6월, 뇌이의 온실에 플루 부인과 레아와 셰리가 모이게 된 어느 밤, 젊은 남자와 성숙한 여인의 운명이 변했다. 우연이 넘쳐흐르던 어느 밤, 셰리의 친구들 - 젊은 주류 제조업자이자 도매상인 박스테르 주니어, 이제 막 미성년에서 벗어난 까다롭고 거만한 식객인 데스몬드 자작 - 이 셰리를 모친의 집으로 데려왔고, 습관 또한 레아를 그곳으로 이끌었다.

엇비슷한 무미건조한 밤들이 이어져 온 과거 이십 년. 결핍된 관계와 불신과 무기력이 삶의 끝자락을 향하면서 사랑만을 사랑해 온 두 여자를 고립시켰다. 서로를 의심스러워하는 두 여자는 그 밤도 또 다른 밤을 기다리며 서로를 마주했다. 두 여자 모두 도통 말이 없는 셰리를 주시했다. 아들에게 어떤 권위도 힘도 행사할 수 없는 플루 부인은 어떤 동작들이 셰리의 투명한 귀와 창백한 볼에 레아의 하얀 목덜미와 불그스름한 볼이 가까워지게 할 때마다, 레아를 어렴풋이 증오하는 것으로 만족해야 했다. 레아는 여성스러웠던 자신의 목이 강인해지는 것이 고통스러웠다. 비너스의 목걸이[12]가 피부에 흠을 만들기 시작하면서 푸르스름하고 가냘픈 백합을 불그스름하게 물들였다. 하지만 그녀는 사랑하는 이를 들판으로 이끌 생각

---

12 대개 마흔 이후에 노화의 징조로 목에 나타나는 뚜렷한 선들을 이른다.

조차 하지 못했다.

"셰리, 왜 코냑을 마시는 거지?"

레아가 다그치자 셰리는 대답했다.

"혼자서 술을 마시는 플루 여사와 맞부딪치지 않으려고."

"내일 뭐 해?"

"글쎄, 누누는?"

"난 노르망디에 갈 거야."

"누구랑?"

"네가 상관할 바 아냐."

"우리의 용감한 스펠레이예프?"

"스펠레이예프와는 두 달 전에 끝났잖아. 소식이 늦네. 스펠레이예프는 러시아에 있어."

플루 부인은 한숨을 내쉬었다.

"셰리, 대체 정신을 어디다 두고 다니니?! 지난달에 레아가 우리에게 베푼 멋진 이별 만찬을 잊은 거야? 레아, 그러고 보니 그 대하 요리 레시피를 아직 안 알려줬어, 어찌나 맛있던지!"

셰리는 몸을 일으키더니 두 눈을 빛냈다.

"맞아, 맞아, 그 크림소스 대하. 아! 정말 생각나네!"

플루 부인은 책망했다.

"거봐, 입 짧은 저 애도 대하는 먹을 텐데…"

셰리는 제지했다.

"그만! 누누, 그럼 파트롱이랑 피서하러 가는 거야?"

"아니, 파트롱과 나는 그저 친구야. 나 혼자 가."

셰리는 떠보았다.

"부자 여인이네!"

"원한다면 널 데려갈게. 오직 먹고, 마시고, 자기만 하는 거야…."

"누누 추종자는 어딨는데?"

셰리는 일어나 레아 앞에 버티고 섰다.

"옹플뢰르 알지? 그라스 해안도? 응?… 앉아, 안색이 창백해. 알잖아, 그라스 해안의 그 짐수레가 드나드는 문을 지나며 네 엄마와 내가 늘 하던 말…"

레아는 플루 부인 쪽을 돌아보았다. 플루 부인은 사라지고 없었다. 이런 유의 은밀한 도주, 이런 식의 자리 비우기는 샤를로트 플루에게서 보기 드문 습관이기에, 레아와 셰리는 눈을 마주치며 놀라움에 키들거렸다. 셰리는 레아에게 바싹 다가앉았다.

"피곤해."

"몸이 축난 거야"

셰리는 몸을 일으키며 거드름을 피웠다.

"천만에! 아직 짱짱하다고."

"짱짱… 하겠지, 다른 사람들한텐… 하지만 안 그렇기도 하지…. 가령 나한텐."

"그 정도로 심하게 창백해?"

"굳이 표현하자면. 시골에 가자니까? 아무 생각 없이 순수하게. 맛있는 딸기와 생크림, 파이, 통닭구이 등등. 식이요법이 따로 있는 게 아냐. 게다가 거긴 여자도 없어!"

그는 레아의 어깨에 스르르 몸을 맡긴 채 눈을 감았다.

"여자도 없다니… 환상적이네…. 그러는 누누는 형인가? 응? 말해 봐, 누누. 까짓것, 같이 가지, 뭐. 여자들한테는… 꿈 깼으니까…. 여 자들이라면… 볼 장 다 봤어."

그가 졸린 목소리로 늘어놓는 이 저속한 얘기가 레아에게는 감미 롭고 풍부한 소리로 들렸다. 그의 미지근한 숨결이 귀로 흘러들었다. 셰리는 레아의 기다란 목걸이를 잡아 손가락 사이로 굵은 진주알을 굴렸다. 그녀는 팔을 셰리의 머리 밑으로 가져가 품안으로 바짝 당 겼다. 무심결에 그와 그녀, 두 사람에게 익숙했던 동작을 한 것뿐이 었다. 그녀는 그를 조용히 토닥였다. 그는 한숨을 내쉬었다.

"좋다, 누누는 형이고, 난 편안하고…."

레아는 매우 구체적인 찬사라도 들은 양 미소를 머금었다. 셰리는 잠든 것처럼 보였다. 그녀는 볼에 내려앉은 젖은 듯 반짝이는 속눈 썹과 행복이 사라지고 피로가 밴 여윈 볼을 아주 가까이에서 바라보 았다. 아침에 면도한 듯 벌써 푸르스름해진 윗입술, 그 입술을 분홍 빛 전등이 인공 핏기로 물들였다.

셰리는 잠꼬대처럼 선언했다.

"여자는 없어! 그러니까… 키스해 줘!"

놀란 레아는 그대로 얼어붙었다.

"키스해 달라니까!"

그는 미간에 힘을 주며 명령했다. 말과 동시에 번쩍 뜬 그의 눈이 내쏘는 섬광에 레아는 돌연 전기라도 켜진 듯 당황했다. 그녀는 어 깨를 추어올리고는 바로 앞에 있는 그의 이마에 키스했다. 그는 레 아의 목에 양팔을 둘러 그녀를 자신에게 바짝 끌어당겼다.

43

그녀는 고개를 저었으나 저항은 그들의 입술이 맞닿기 전까지였다. 이제 그녀는 움직임이 완전히 멎은 채로 무언가를 경청하려는 듯 숨을 멈추었다. 이윽고 그가 놓아주자 그녀는 그에게서 떨어져 나와 일어서서 깊은 심호흡을 한 뒤, 흐트러지지도 않은 머리칼을 정돈했다. 그녀는 그를 돌아보았다. 다소 핏기 없는 안색에 눈빛이 어두워진 그녀는 농담조로 말했다.

"똑똑하네!"

그는 흔들의자 안쪽에 널브러져 생동하는 눈빛으로 그녀를 감싸며 말이 없었다. 침묵이 길어졌다. 오죽하면 그녀가 먼저 의문을 가득 담아 한껏 도발적으로 물었을까.

"왜, 뭐?"

"아무것도. 그저 내가 알고 싶었던 걸 알게 됐을 뿐이야."

그녀는 모욕감으로 얼굴을 붉혔고 서툴게 방어했다.

"그러니까 뭘? 혹시 내가 네 입술을 좋아한다고 생각해? 딱한 놈, 난 너보다 더 고약한 놈들과도 키스해 봤어. 그게 뭐? 내가 네 발밑에 엎어져서 날 가져!라고 외치기라도 할 것 같아? 기껏해야 젊은 여자들밖에 모르는 놈이. 내가 겨우 키스 하나로 정신줄이라도 놓은 것 같냐고?!"

레아는 말하면서 차분해졌고, 냉정한 모습을 보여주고 싶었다. 그녀는 셰리에게 몸을 기울이며 주장했다.

"이봐, 청년, 이 키스가 내 기억 속에 무언가로 각인될 거라 생각해?"

자신만만해진 그녀는 그를 내려다보며 미소 지었으나 바로 그 무언가가 자신의 얼굴에 각인된 것은 알지 못했다. 지극히 미세한 일종의 설렘과도 같은 무엇, 감미로운 고통과도 같은 무엇. 그녀의 미소는 눈물의 위기 이후에 찾아오곤 하는 그것과 흡사했다.

"난 정말 아무렇지도 않아. 다시 키스해볼까, 아무튼 우리는…"

그녀는 말을 멈추고는 경멸하듯 입을 삐죽였다.

"그래, 이건 아니다, 이건 우리한테 어울리는 상황이 아니야."

셰리는 느긋하게 받아쳤다.

"좀 전의 그 상황은 우리한테 어울렸고? 어쨌든 꽤 한참 동안 날 받아들였잖아. 아니면 다른 놈이라도 떠올렸던 건가? 난 아무 말도 안 하는데 왜 혼자 난리야."

그들은 적으로서 서로를 가늠했다. 레아는 키울 시간도 숨길 시간도 갖지 못했던 욕망을 드러낸 것이 두려웠다. 한순간에 차갑게 식어 어쩌면 자신을 비웃을 이 아이가 원망스러웠다.

레아는 가볍게 한 발 물러났다.

"네가 옳아. 잊어버리자. 가만, 그전에 무슨 얘길 하고 있었더라…. 맞다, 내가 대자연과 맞난 식사를 제안했었구나…. 더 할 얘기는 없어, 그게 다야."

"생각해 볼게. 오픈카 가져가고 싶은데?"

"당연하지. 그걸 샤를로트한테 맡기고 갈 수 있겠어?"

"기름값은 내가 낼게. 운전기사 밥은 누누가 먹여줘."

레아는 웃음을 터뜨렸다.

"운전기사 밥을 나더러 먹이라네! 아, 맞다! 넌 플루 여사 아들이었지, 그래! 넌 아무것도 잊지 않는구나…. 궁금하진 않지만, 그래도 네가 여자와는 도대체 어떤 사랑의 대화를 나눌 수 있는지 한 번은 들어보고 싶네!"

그녀는 털썩 자리에 앉으며 부채질을 했다. 박각시나방 한 마리와 다리가 기다란 왕 모기들이 전등 주위를 맴돌았다. 해가 떨어지자 정원의 내음이 시골의 내음으로 변했다. 뚜렷하고 생생한 아카시아 향을 머금은 바람 한 줄기가 들어왔다. 두 사람은 바람이 걷는 것을 보기라도 하려는 듯 일제히 뒤를 돌아보았다. 레아는 나지막하게 말했다.

"장미색 아카시아야."

셰리는 대답했다.

"응, 그런데 오늘 밤은 오렌지 꽃을 마신 것 같아."

레아는 그의 표현에 희미하게 감탄하며 그를 바라보았다. 그는 행복한 희생자가 되어 향을 들이마셨다. 그녀는 등을 돌렸다. 순간 그가 자신을 부르지 않을까 봐 두려웠다. 어쨌든 그는 그녀를 불렀고, 그녀는 그에게 다가갔다.

문득 원한과 이기심에 사로잡힌 그녀는 그에게 키스하기로 마음먹었다. 벌을 줄 생각이었다. '잠깐, 그래… 네 입술이 감미로운 건 부인할 수 없는 사실이야. 이번엔 내 만족을 위해 키스할 거야, 내가 그러고 싶으니까. 그런 다음 놔줄게, 미련 없이, 아무 상관없어, 그래…'

그녀는 그에게 키스했다. 어찌나 좋았던지 그들은 도취되어서, 넋이 나가서, 숨을 헐떡이며, 마치 한바탕 싸움이라도 벌인 듯 부들거리며 한참 만에 서로에게서 떨어졌다. 레아는 여전히 소파 깊숙이 널브러진 채 미동도 하지 않는 셰리 앞에 버티고 서서 나지막하게 도발했다. "뭐?… 뭐?…" 그녀는 모욕을 기다렸다. 하지만 그는 어쩔 줄 모르는 양팔을 내밀며 두 손을 벌렸다. 상처받은 고개를 뒤로 젖혀 속눈썹 사이로 눈물의 반짝임을 드러냈다. 그가 무슨 말인가를, 탄식을, 짐승의 노래, 사랑의 노래를 웅얼거렸고, 그녀는 그 속에서 자신의 이름과 "자기야…"와 "이리 와…"와 "당신을 절대 안 떠나…"를 식별해 냈다. 마치 그녀가 부주의로 그에게 깊은 상처라도 준 듯, 몹시 걱정스럽게 몸을 기울여 들은 노래였다.

레아는 노르망디에서 보낸 첫 여름을 떠올리며 공정하게 판단했다. '고약한 어린애라면 셰리보다 더 기막힌 애들도 만났는걸. 더 다정하고 더 똑똑한 애들도. 그렇더라도 이런 애는 없었지.'

1906년 그 여름의 끝자락에, 레아는 바르텔레미 남작에게 털어놓았다.

"정말 재밌어. 어떤 때는 흑인이나 중국인과 잠자리 하는 듯한 기분이 든다니까."

"중국인과 흑인도 만나봤어?"

"전혀."

"그런데?"

"모르겠어. 설명할 길이 없네. 그저 그런 느낌이 든다는 거야."

그 느낌은 서서히 자각되었고 동시에 그것을 감추지 못했다는 것도 놀라웠다. 그들 연애의 초기 기억들은 고급 요리나 엄선된 과일들의 때깔, 아니면 식도락을 위한 농가 선택의 고민으로 넘쳐났다.

레아는 환한 태양빛을 받아 한층 창백해진 셰리가 기진맥진한 채로 소시나무 숲속을 어슬렁거리는 모습이라든지 연못의 테두리를 두른, 따뜻하게 달구어진 돌에서 잠든 모습을 떠올렸다. 그녀가 잠든 그를 깨워, 딸기니 스프니 거품을 낸 우유니 사료로만 키운 닭요리로 포식시켰다. 저녁식사 때면 그는 녹초가 되어 장미 바구니 주변을 날아다니는 하루살이들을 휘둥그렇고 멍한 눈으로 힐끔거리다가 손목시계를 들여다보며 자러 갈 시간임을 확인하곤 했다. 레아는 실망했지만 원한 없이 그저 눼이에서의 키스가 이행하지 못한 약속을 꿈꾸며 인내했다.

'음, 봐서 8월 말까지만 낙엽송들이 푸를 때까지만 데리고 있지, 뭐. 그런 다음엔 파리로 휙! 소중한 업무로 복귀시키는 거야…'

레아는 자신에게서 피신한 셰리가 침대의 자리를 이기적으로 확보하고서 미간에 잔뜩 힘을 준 채로 잠들 수 있도록 자신도 일찍감치 잠자리에 드는 자비를 베풀었다. 그녀는 전등을 끄고서 더러 나무판 바닥에 반사된 달빛의 얼룩을 눈으로 좇았다. 밤낮으로 울어대는 귀뚜라미 소리와 사시나무의 철썩거리는 소리와 셰리의 가슴을 들썩이게 하는 사냥개의 커다란 한숨이 뒤섞인 소리에 귀를 기울였다.

'내가 왜 잠 못 드는 거지?' 어렴풋한 의문이 솟구쳤다. '어깨를 누르는 이 아이의 머리 때문은 아니야. 더 무거운 머리들도 받쳐 봤는 걸… 날이 이리 좋을 수가…내일 아침엔 맛있는 죽을 주문해줘야 겠어. 이 아이한테서 벌써 바다 냄새가 덜 나는 것 같아. 대체 내가 왜 잠 못 드는 거지? 아! 그래, 생각났다, 복서 파트롱을 여기로 불러 이 아이를 단련시켜야겠어. 시간이 충분하잖아, 한쪽에선 파트롱이 다른 한쪽에선 내가 이 아이를… 플루 부인이 기절초풍하도록….'

레아는 잠들었다. 새 이불 속에 똑바로 누운 기다란 몸의 왼쪽 가슴에 고약한 어린애의 검은 머리가 없었다. 그녀는 잠들었다가 새벽녘에 더러 셰리의 욕구로 – 극히 드물게! - 깨어나곤 했다.

노르망디 피신 두 달째에 과연 파트롱이 불려왔다. 그는 커다란 가죽 여행 가방에, 1.5파운드짜리 작은 아령들과 검정색 케이스, 6온스짜리 글로브를 들고서 끈 달린 가죽장화를 신었다. 어린 여자아이 목소리에 기다란 속눈썹을 가진 파트롱의 몸은 그의 여행 가방색처럼 대단히 멋지게 그을린 피부로 감싸여, 셔츠를 벗었을 때에도 알몸으로 느껴지지 않았다. 셰리는 처음엔 공격적이었다가 파트롱의 차분한 힘에 질투를 느꼈던지 아니면 무기력해졌던지, 느리고 반복적인 동작으로 헛된 듯하나 이로운 체조를 시작했다.

"하나… 후… 둘… 후… 숨소리가 안 들립니다…. 셋… 후… 무릎 똑바로! 다 보여요…. 후…"

보리수 이파리들의 차양 틈새로 8월의 태양이 스며들었다. 자갈밭에 드리워진 두터운 붉은 카펫이 코치와 학생의 벗은 두 몸을 보랏빛으로 치장했다. 레아는 이 교습을 매우 주의 깊게 시선으로 좇았다. 15분 남짓 동안 셰리는 자신의 새로운 힘에 도취되어 날뛰었고, 헛된 펀치들을 날리며 분노로 얼굴이 붉으락푸르락 달아올랐다. 파트롱은 날아오는 스윙들을 벽처럼 끄떡없이 받아낸 뒤, 올림픽의 영광이 밴 자신감으로 자신의 유명한 펀치보다 더 묵직한 명언들을 셰리에게 날렸다.

"여길 봐요, 여길! 왼쪽 눈이 뭐 그리 궁금한 게 많죠? 내가 저지하지 않았으면 내 오른손 글로브의 박음질이 어떤지도 보러 올 기세잖아요."

셰리는 성을 냈다.

"미끄러진 거예요."

"몸의 균형 문제가 아니에요. 정신력의 문제지. 당신은 복서는 절대 될 수 없겠어요."

"우리 엄마가 반대할 텐데, 애석해서 어쩌나!"

"어머니가 반대하지 않더라도 당신은 복서가 될 수 없을 거예요. 당신은 악의적이고, 악의는 권투와 맞지 않거든. 안 그렇습니까, 레아 부인?"

레아는 미소를 지어보였다. 그녀는 후끈해진 채로 꼼짝도 하지 않고서 벗은 두 젊은 남성의 경기를 지켜보면서 그들을 비교하는 즐거움을 누렸다.

'파트롱은 정말 근사하구나! 건물처럼 단단하고 멋져. 저 애도 잘 빠졌어. 저런 무릎은 흔하게 볼 수 있는 게 아니지, 내가 잘 알잖아. 허리도 멋지고… 아니, 멋질 거고…. 대체 저 애 엄마는 어디서 저런…

목선은 또 어떻고! 조각상이 따로 없네. 그런데 애가 고약해서! 저 웃음, 누가 들으면 그레이하운드가 사냥감을 물어뜯는 줄 알 거야…'

레아는 평정심의 미덕에 잠겨 행복했고 모성애를 느꼈다. '내가 딴 사람으로 만들어줄 거야.' 그녀는 오후의 보리수나무 그늘 아래서 벗고 있는 셰리, 아침에 하얀 담비 모포 위에서 벗고 있는 셰리, 아니면 밤에 물이 미지근해진 수영장 가에서 벗고 있는 셰리를 앞에 두고 생각하곤 했다. '그래, 얼마나 잘생겼어, 도덕성이 부족한 것쯤은 내가 바꿔놓으면 될 일이지.' 그녀는 파트롱에게 문제될 것이 없다고 털어놓았다. 파트롱은 반박했다.

"그래도 훌륭한 후보감인 걸요. 부인께서도 이곳 출신 같지 않은 저 근육들 보셨잖아요. 비록 여기도 이제는 백인을 찾아보기 힘들지만요. 암튼 저 친구는 흑인의 육체를 가졌어요. 마구 커지지 않는 잔 근육이 발달했죠. 캔털루프 멜론 같은 이두근은 절대 기대하시면 안 돼요."

"그래도 기대할 거예요, 파트롱! 난 저 애를 복서로 만들려는 게 아니라고요!"

"물론 그러시겠죠. 감정이 중요하시죠."

파트롱이 긴 속눈썹을 내리깔며 인정했다. 그는 레아의 숨김없는 관능에 대한 암시와 웃음을, 그녀가 사랑에 대해 이야기할 때 던지는 그 집요한 눈웃음을 거북해하면서 견뎠다. 그는 말을 이었다.

"물론입니다. 혹시 완전히 만족하지 않으신다면…."

레아는 웃음을 터뜨렸다.

"완전히라니, 바라지도 않아요…. 난 그저 가장 아름다운 무념무상의 원칙에서 보상을 찾을 뿐이죠. 당신처럼 말이에요, 파트롱."

"아! 전…"

그는 두려워하며 어김없이 이어질 다음 질문을 기다렸다.

"관계는 여전히 진전이 없나요, 파트롱? 계속 버티고 있는 거예요?"

"버티고 있어요, 부인, 오늘 정오만 해도 우편으로 리안의 편지를 받았죠. 자기는 이제 혼자라면서, 저더러 버틸 이유가 없다는 거예요. 남자친구 둘 다와 헤어졌답니다."

"그래서요?"

"그래서는요, 사실이 아닐 거예요…. 제가 고집을 부리는 건, 리안이 고집을 부리기 때문입니다. 자기는 직업이 있는 남자가 부끄럽대요. 특히나 아침 일찍 일어나서 매일 훈련을 해야 하고 권투와 그에 알맞은 준비운동을 교습해야하는 남자가요. 우리는 만나기가 무섭게 싸워요. 리안이 '다들 내가 사랑하는 남자 하나 먹여 살릴 능력이 없다고 생각할 거 아냐!'라고 악을 쓰는 식이죠. 마음은 고마워요, 그건 부인하지 않아요, 다만 저랑 생각이 다르다는 거예요. 누구나 자기만의 별스런 구석이 있기 마련이잖아요. 부인께서 매우 적절하게 말씀하셨듯이 '가치관의 문제'란 말이죠."

그들은 나무 밑에서 나지막하게 이야기를 나누었다. 상의를 벗은 그는 공손하게, 하얀색 옷을 차려입은 그녀는 양볼을 싱그러운 장밋빛으로 물들이고서. 그들은 단순하고 건강한 정신, 귀족은 아니지만 귀족적인 우아한 사고의 소유자들이라는 공통점에서 비롯된 상호적인 우정을 나누었다. 그럼에도 레아는 파트롱이 상류층인 아름다운 리안에게서 값나가는 선물을 받는 것에 조금도 경악하지 않았다.

'다 주고받는 거지.' 그녀는 고대의 공정성에 의거하여 파트롱의 '별스런 구석'을 무너뜨리려 했다. 늘 똑같은 두 개의 신 – 사랑, 돈 – 이 빠지지 않는 그들의 조곤조곤한 담소 주제가 돈과 사랑에서 멀어지며 셰리에게 옮겨갔다. 그의 개탄스런 교육수준과, 레아의 표현대로 '따지고 보면 무해한' 그의 미모와, '전혀 무해하지 않은' 그의 성격에 관한 이야기로. 그들의 상담 욕구를 만족시키고, 신조이나 새로운 사상에 대한 혐오감을 해소하는 담소, 이 담소는 그들이 잠들었거나 뜨거워진 도로를 달리고 있겠거니 여겼던 셰리의 난데없는 등장으로 방해받곤 했다. 금전출납부를 장착하고서 귀 뒤에 펜을 꽂은 반라의 셰리가 어디선가 불쑥 튀어나오면 파트롱은 외치곤 했다.

"세상에, 좀 봐요! 인간 계산기가 따로 없네요!"

셰리는 멀리서 외쳤다.

"이게 말이 돼? 휘발유가 320프랑이라니? 기름을 콸콸 들이마시는 거야, 뭐야! 지난 보름 동안 외출을 네 번밖에 안했는데! 한 번에 77프랑이라니!"

레아는 대답했다.

"차로 매일 시장에 갔잖아. 말이 나왔으니 얘긴데 네 운전기사는 점심 때 양고기 넓적다리를 세 번이나 더 해치웠어. 그건 우리 협약을 넘어선 게 아닌 것 같고?… 계산서에 소화불량을 일으킬 때 보면, 네가 네 엄마를 닮긴 했다 싶어."

반박할 말을 잃은 셰리는 한동안 주춤했다. 메르쿠리우스[13]의 우

---

13 로마 신화에 등장하는 상업의 신. 모자와 발에 작은 날개가 달렸다.

아한 비행이 흔들리며 섬세한 발이 기우뚱거렸다. 만일 플루 부인이 보았더라면 늘 그렇듯이 기함하여 타박했을 터였다. "난 열여덟에 발이 가뿐했어! 발이 가뿐했다고!" 셰리는 불손한 대꾸를 찾으며 온 얼굴을 부들거렸다. 입은 반쯤 벌어지고 이마는 앞으로 쭉 내민 긴 장한 근육이 관자놀이 위로 올라간 눈썹의 사악한 곡선을 더욱 뚜렷하고 기이하게 만들었다. 레아는 솔직하게 말했다.

"아무 말도 하지 마, 그래, 날 증오하겠지. 차라리 이리 와서 키스해 줘. 이 아름다운 괴물, 저주받은 천사, 애송이 머저리야…."

셰리는 목소리에 압도당하고 내용에 모욕감을 느끼며 그녀에게 다가갔다. 파트롱은 커플을 앞에 두고서 순수한 입술로 새로운 진실을 꽃피웠다.

"육체적으로만 놓고 보면 당신은 두말 할 것 없이 탁월해요. 그런데 요, 셰리, 당신을 볼 때면 어쩔 수 없이 이런 생각이 든단 말이죠. '이 친구는 내가 여자라면 한 십 년 후에나 다시 찾을 것 같아.'"

셰리는 정인에게 기울였던 고개를 거두며 암시적으로 물었다.

"들었어? 누누, 코치님이 십 년 후라네. 당신은 어떻게 생각해?"

레아는 듣는 둥 마는 둥 그의 질문은 귓전으로 흘리고서 자신에게 원기를 되살려주는 젊은 육체의 뺨, 다리, 엉덩이 등을 한 손으로 되는 대로 토닥이며 유모의 불경스런 즐거움을 누렸다.

파트롱은 셰리에게 질문했다.

"고약을 떨면서 어떤 만족감을 느끼는 거죠?"

셰리는 냉혹하고 거친 눈길로 이 헤라클레스를 머리끝부터 발끝까지 천천히 훑은 뒤에 대답했다.

"위안을 얻는다고 할까. 당신은 이해 못해요."

사실상 레아도 셰리와 밀착돼있던 지난 석 달 동안 그를 전혀 이해하지 못했다. 일요일에만 오는 파트롱이나 초대하지 않았는데도 찾아와서 두 시간 남짓 뒤에 떠나는 베르텔레미 남작한테는 '셰리를 곧 그의 소중한 업무로 복귀시킬 거'라고 되뇌곤 했지만 남의 시선을 의식하여 일종의 관행을 따른 것뿐이었다. 셰리를 그토록 오랫동안 붙들고 있는 것에 대한 변명이었다고 할까. 그녀는 기한을 정했고 이 기한은 번번이 연장되었다. 그녀는 기다렸다.

"날씨가 너무 좋잖아…. 셰리도 지난주에 잠시 파리로 내뺐다 돌아오더니 지치기도 한 것 같고… 나로서도 이참에 아예 물릴 때까지 데리고 있는 게 나아…."

그녀는 이제껏 전혀 아쉽지 않았던 것들을 난생 처음으로 헛되이 기다렸다. 그것은 젊은 연인의 신뢰와, 무방비 상태의 느긋함과, 고백과, 진심과, 조심성 없는 감정의 토로였다. 젊은 연인이 거의 부모에 대한 청소년의 감사와 흡사한 감정으로 성숙하고 든든한 여자 친구의 따뜻한 품안에서 밤새도록 눈물과 고백과 원망을 주저없이 쏟아내는 시간들 말이다.

그녀는 집착을 이어갔다. '열이면 열 다 내게 넘어왔어. 지금까지는 그들이 어떤 가치가 있고 무슨 생각을 하고 무얼 원하는지 다 알았다고. 그런데 이 아이는, 이 아이는… 만만치가 않아.'

이제는 건장해지고, 자신의 열아홉 청춘에 자신만만하고, 식탁에선 쾌활하고, 침대에선 성급한 그는 보이는 자신 외에 어떤 것도 드러내지 않고서 기녀처럼 신비롭게 남았다. 다정하긴 한가? 그렇다,

만일 다정함이 의도치 않은 고함과 굳게 낀 팔짱에서도 간파되는 것이라면. 하지만 '악의'는 언행과 숨기는 경계심에 의해 늘 드러났다. 얼마나 많은 새벽녘에 레아는 만족하고 차분해져서 눈을 게슴츠레 뜬 그를, 그러면서도 매일 아침과 매순간의 포옹으로 전날보다 더 아름답게 재창조되기라도 한 듯 입술엔 생기를 되찾은 그를 품에 안고 있었던가. 얼마나 많은 순간에 그녀는 정복당했고, 그때마다 정복욕과 고백하고 싶은 쾌락에 휩싸여 그의 이마를 자신의 이마로 누르며 속삭였던가.

"말해… 말해… 말하라고…."

하지만 아치형으로 올라간 입술에선 '누누'라는 호칭과 함께 부루퉁하거나 도취되어 흘리는 욕설 이외의 어떤 말도, 어떤 고백도 새 나오지 않았다. '누누'는 그가 어릴 때 그녀를 일컫던 말이자, 현재는 그가 쾌락 한가운데서 마치 구조 요청처럼 그녀에게 던지는 말이었다.

"그래, 확실해, 중국인 아니면 흑인 같다니까."

레아는 바르텔레미 남작에게 토로하며 덧붙였다. "설명할 길은 없어." 그녀는 건성이었고 느낌을 정의하는데 서툴렀으나, 혼란스러우면서도 확고했다. 어쨌든 셰리와 그녀는 같은 언어를 사용하지 않았다.

9월이 끝났고 그들은 파리로 돌아왔다. 셰리는 뇌이로 돌아간 첫날밤부터 플루 부인을 '기절초풍'시켰다. 의자들을 휘두르는가 하면 주먹으로 호두를 내리치고, 당구대로 뛰어오르는가 하면 정원에서 카우보이 놀이를 하며 경비견의 뒤를 쫓아 질겁하게 하는 식이었다.

레아는 뷔조 대로의 집으로 홀로 들어가며 한숨을 내쉬었다.

'휴, 빈 침대가 이렇게나 반가울 수가!'

하지만 이튿날 밤, 레아가 저녁시간이 길고 거실이 광활하게 느껴지는 허전함에 저항하며 밤 열 시의 커피를 음미하고 있었을 때, 셰리가 문틈에 불쑥 모습을 드러냈다. 그는 가볍고 소리 없는 발걸음으로 그녀에게 다가갔다. 소스라친 그녀의 입에서 날카로운 비명이 새나왔다. 다정하지도 다변도 아닌 그는 한달음에 그녀에게 달려갔다. 그가 그녀 바로 눈앞에 있었다. 그녀는 외마디를 흘렸다.

"미친 거야?"

그는 어깨를 추어올리며 영문을 모르는 척했다. 그는 그녀에게 한달음에 달려왔다. 그는 그녀에게 묻지 않았다. '날 사랑해? 날 벌써 잊은 거야?'

그는 그녀에게 한달음에 달려왔다.

잠시 후, 그들은 청동으로 세공된 레아의 커다란 침대에 움푹 파묻혀 누워있었다. 셰리는 잠든 척했다. 우울감과 숨죽인 분노에 사로잡혀 보다 편하게 이를 악물고 두 눈을 감기 위해서. 그에게 기대어 누운 그녀는 어쨌든 그의 소리를 들었다, 희열에 들떠서 들었다. 미세한 떨림을, 저 멀리에서 요동치는, 포로처럼 온몸으로 부인하는 공포와 감사와 사랑의 울림을.

"왜 네 엄마는 엊저녁 저녁 식사 때 나한테 직접 알리지 않은 거래?"

"내가 알리는 게 더 적절하다고 판단한 거겠지."

"아닌 것 같은데?"

"엄마가 한 얘기야."

"너는?"

"나, 뭐?"

"너도 그 편이 더 적절하다고 생각해?"

셰리는 확신 없는 눈길로 레아를 바라보았다.

"응."

그는 잠시 생각하는 듯했고 재차 대답했다.

"응, 그게 낫지."

레아는 그가 조금도 난처한 기분을 느끼지 않도록 창문으로 시선을 돌렸다. 뜨거운 비가 8월의 아침 하늘을 어둑하게 만들며 안뜰에 서있는 이미 다갈색으로 물든 세 그루의 플라타너스 위로 무자비하게 쏟아져 내렸다. '꼭 가을 같네', 레아는 생각하며 한숨을 내쉬었다. 셰리는 물었다.

"왜 그래?"

그녀는 흠칫 놀라며 그를 돌아보았다.

"아무것도 아냐. 저 비가 싫어서."

"아! 난 또…."

"넌 또 뭐?"

"난 또 마음이 힘든가 했어."

그녀는 진심으로 웃지 않을 수 없었다.

"내가 힘들 거라고? 네가 결혼하니까? 설마, 넌 정말… 넌 정말 재밌는 아이야."

그녀가 웃음을 터뜨리는 경우는 드물었고, 셰리는 그녀의 명랑함에 화가 치밀었다. 그는 어깨를 풀썩거리고는 습관이 된 오만상을 지으며 담배에 불을 붙였다. 턱이 지나치게 굳었고 아랫입술은 앞으로 비죽 나왔다.

레아는 말했다. "점심 전에 담배를 태우는 건 좋지 않아."

그녀는 그가 내뱉는 불손한 몇 마디 대꾸를 미처 듣지 못했다. 돌연 자신의 목소리, 지난 5년 내내 울려 퍼졌던 자동적이고 일상적인 잔소리의 메아리에 사로잡혔기 때문이다. '거울에 비친 적나라한 내 모습과 갑자기 마주치면 이런 기분일까.' 그녀는 생각하고는 애써 밝은 기분을 끌어올리며 현실로 돌아와 셰리에게 말했다.

"식전 담배 금지 수칙을 딴 여자에게 넘길 수 있어 다행이야!"

셰리는 단언했다.

"그 여자는 어떤 발언권도 없어. 내가 결혼을 해주는데, 안 그래? 내 신성한 발자국에 키스하고 자신의 운명에 그저 감사해야지! 그러면 됐지."

그는 턱의 돌출부를 앞으로 쑥 내밀며 궐련용 파이프를 꽉 문 채로 입술을 벌리고 으스댔지만 왕궁의 칠흑 같은 어둠 속에서 창백해지는, 순백의 비단 잠옷을 걸친 아시아 왕자 같아졌을 뿐이었다.

레아는 분홍색 – 그녀가 '필수 색'이라고 명명한 - 가운을 여미며 그동안 시달려온 생각들을 헤집었고 평온한 척하는 셰리에게 차례로 던져보기로 마음먹었다.

"말이 나왔으니 얘긴데, 그 여자애는 왜 너랑 결혼하는 거래?"

그는 탁자에 양 팔꿈치를 괴고서 플루 부인의 애교부리는 표정을 무의식적으로 따라 했다.

"자기도 알잖아…."

"누누라고 불러, 아니면 레아라고 하거나. 난 네 가정부도 아니고 또래 친구도 아니니까."

그녀는 안락의자에서 몸을 곧추세우며 언성을 높이지 않은 채 단호하게 주문했다. 그는 반격하려는 듯 희미하게 남은 분칠로 다소 초췌해진 아름다운 얼굴을, 너무도 푸르고 너무도 맑은 빛으로 감싸인 두 눈을 들이대며 맞섰다가 이내 태도를 누그러뜨리고는 평소 그의 방식과 달리 한 발 물러났다.

"누누, 설명하라면서요…. 매듭은 지어야 하는 거잖아. 게다가 상당한 이득이 걸려있기도 하고."

"누구의?"

그는 웃음기 없이 대답했다.

"나지. 여자애한테 따로 상속분이 있어."

"그 애 아버지한테서?"

그는 앞뒤로 몸을 움직였다. 공중에서 두 발이 흔들렸다.

"아! 잘은 몰라. 궁금한 게 참 많네! 내 생각일 뿐이야. 다만 마리로가 보유한 현금이 천오백을 넘지 않거든. 천오백에 세상의 온갖 보석들."

"너는?"

그는 거만하게 대답했다.

"나? 난 더 많지."

"그럼 돈이 필요 없잖아."

그는 태양이 푸른 물결무늬를 그리며 일렁이는 매끈한 얼굴을 끄덕였다.

"필요라, 필요라…. 누누도 우리의 돈에 대한 개념이 같지 않다는 건 알잖아. 우리의 의견이 갈리는 부분이니까."

"지난 오 년 동안 내게 그 주제의 대화를 모면하게 해 준 네 공을 인정할게."

그는 익살스럽게 너털웃음을 터뜨리더니 레아의 발치까지 굴러갔다. 하지만 그녀는 발을 치워버렸다.

"솔직히 말해봐…. 일 년에 오 만, 아니면 육 만? 말해보라니까, 육 만이야? 칠 만?"

그는 카펫에 주저앉아 레아의 무릎에서 고개를 뒤로 젖혔다.

"내가 그만한 가치도 없는 것 같아?"

그는 태양빛을 환히 받으며 몸을 뒤로 누이고 목을 활처럼 젖히고는 두 눈을 한껏 크게 떴다. 두 눈동자는 일견 까맣게 보였지만 레아는 실은 짙은 적갈색이라는 것을 알고 있었다. 그녀는 마치 무수한 아름다움 중에서 보다 진귀한 것을 적시하고 선별하기라도 하듯 검지로 그의 눈썹과 눈꺼풀과 입술 가장자리를 차례로 스쳤다. 그녀가 조금은 경멸하는 이 연인의 얼굴은 이따금 일종의 경의를 불러일으켰다. 그녀는 생각했다.

'이 정도까지 아름다운 건 고결한 거야.'

"그래서 그 아가씨는… 딸은 어떤 거야? 너한텐 어떻게 대해?"

"날 사랑해. 날 우러러보고. 아무 말이 없어."

"넌, 넌 어떻게 대하는데?"

"난 대하지도 않지."

그는 간단히 대답했다.

"환상의 커플이로구나."

레아는 생각에 잠기며 대꾸했다. 그는 몸을 절반쯤 일으켜 책상다리로 앉더니 냉담하게 말했다.

"여자애한테만 너무 관심이 많은 거 아냐? 이 재앙에서 스스로에 대한 걱정은 조금도 안 들어?"

그녀는 놀란 얼굴로 셰리를 바라보았다. 높이 치솟은 눈썹과 반쯤 벌어진 입술이 그녀를 젊어보이게 했다.

"그래, 당신 말이야, 누누. 희생자는 당신이야. 당신이 이 이야기에서 호감형 인물이라고. 내가 당신을 버렸으니까."

그의 얼굴에서 핏기가 옅어졌다. 레아를 매섭게 몰아붙이면서 자신도 상처받은 듯이. 레아는 미소 지었다.

"내 사랑, 난 조금도 바뀔 생각이 없어. 한 일주일 동안은 서랍장에서 종종 양말이나 넥타이나 손수건이 나오겠지…. 왜 일주일밖에 안 되냐면… 서랍장이 워낙에 정리정돈이 잘 돼있어서야. 아! 욕실은 새로 손볼 거야. 유리공예로 꾸미면 어떨까 해…."

그녀는 잠시 말을 끊었다가 탐욕스런 표정을 지으며 허공에 손가락으로 엉성한 도면을 그려보였다. 셰리는 험악한 눈빛을 풀지 않았다.

"왜, 맘에 안 들어? 대체 뭘 바라는 거야? 내가 노르망디로 고통을 숨기러 갔으면 해? 비쩍 말라비틀어졌으면 좋겠어? 더는 염색도 하지 않고? 그래서 플루 부인이 내가 앓아누운 침대로 달려오면 좋겠어?"

레아는 양팔을 휘저으며 플루 부인의 트럼펫 목소리를 흉내냈다.

"'세상에, 얼굴에서 빛을 잃었네, 빛을 잃었어! 빛을 잃었어! 가엾게도 백 살은 더 늙었네! 백 살은 더!' 이러길 바라?"

그는 심각하게 듣다가 쿡 웃더니 아마도 감정이 격해졌는지 코를 벌름거렸다. 그리고 외쳤다.

"그래!"

레아는 매끄럽고 무거운 맨 팔을 셰리의 어깨에 얹었다.

"딱한 놈! 그런 식이라면 난 이미 네다섯 번은 죽었어야 해! 어린 연인을 잃는 거라면… 고약한 어린애를 갈아치우는 거라면…."

그녀는 목소리를 한 톤 낮추어 밝게 덧붙였다.

"난 익숙하다고."

그는 아프게 대답했다.

"다들 아는 얘기지. 상관없어! 그래, 누누의 첫 연인이 되는 것 따위는 아무 관심 없다고! 내가 원하는 건, 더 정확히는 그나마 내가 받아들일 수 있고 마땅하다고 생각하는 건, 내가 마지막이 되는 거야."

그는 어깨를 크게 들썩여 우아한 팔을 떨쳐냈다.

"아무튼 이게 다 당신을 위해서 하는 얘기야."

"이제야 완벽히 이해했어. 넌 내 걱정을 하는 거고, 난 네 약혼녀 걱정을 하는 거였네. 끝내준다, 지극히 자연스러워. 그야말로 대인배들 사이에서 일어날 수 있는 일이야."

그녀는 일어섰다. 셰리의 입에서 몇 마디 심술궂은 대답이 날아오기를 기다렸으나 그는 말이 없었다. 그녀는 셰리의 얼굴에서 처음으로 일종의 낙담을 보았고, 고통스러웠다.

그녀는 몸을 굽혀 그의 겨드랑이 밑으로 두 손을 밀어 넣었다.

"자, 이리 와, 옷 입어. 난 드레스만 걸치면 돼. 속옷은 다 입었거든. 날씨가 이렇게 좋은데 집에만 있을래? 슈아브 네에 가서 진주를 고를까? 결혼 선물은 해줘야지."

그는 얼굴이 환해져서 튀어 올랐다.

"신난다! 아, 근사하겠어, 셔츠에 진주 단추 하나 달면! 옅은 분홍빛이 좋을 것 같아, 안 그래도 봐둔 게 있어!"

"그건 절대 안 돼, 하얀색이 뭔가 수컷답지, 안 그래?! 나도, 나도 봐둔 게 있다고. 아무래도 오늘 또 파산하겠네! 이제 네가 없으니 한 재산 모을 수 있겠지!"

셰리의 표정이 다시 뜨악해졌다.

"그건 내 후임에 달렸지."

레아는 방문턱에서 그를 돌아보며 세상에서 가장 명랑한 미소를 지어보였다. 탐스럽고 단단한 치아와 능숙하게 검은 테두리를 그린 옅은 푸른색 눈에서 빛이 났다.

"네 후임? 40수와 담배 한 갑이면 충분하겠지! 일요일엔 카시스 칵테일 한 잔이면 황송할 테고! 나머지는 네 아이들한테 쓸게!"

이어지는 몇 주 동안, 두 사람 다 몹시 명랑했다. 셰리의 공식화된 약혼이 그들을 매일 몇 시간씩, 더러는 하루 이틀 밤씩 갈라놓았다. "믿음을 줘야 하잖아." 셰리는 주장하곤 했다. 플루 부인이 레아를 네이로부터 떼어 놓은 터라 레아는 셰리가 찾아올 때마다 호기심에 못 이겨 수백 가지 질문을 던졌고, 셰리는 번번이 거드름을 피우며 방문턱에 발을 들이기 무섭게 넘쳐나는 비밀을 퍼뜨리고 도망가곤 했다.

어느 날 그는 레아의 흉상에 자신의 모자를 씌우며 외쳤다.

"친구들이여! 어제부터 플루 일가의 궁궐에서 무슨 구경이 났는지 아시는지!"

"우선 네 모자부터 거기서 치워! 여기선 네 기생충 친구들도 소환하지 말고. 또 무슨 일인데?"

레아는 미리 웃으며 질책했다.

"불이 났어, 누누! 모친들 사이에 불이 붙었어! 마리로와 플루 여사가 내 혼인계약서를 두고 드잡이 중이라고!"

"설마?"

"정말이야! 그야말로 장관이라니까. 자, 전채 요리부터 낼 테니 조심해, 플루 여사의 팔 요리니까…. '부부재산제[14]라니! 부부재산제라니! 아니, 법정후견인은 왜 안 두는 거죠? 이건 인격모독이야! 인격모독! 내 아들의 재산 상태에 대한! 똑똑히 들어요, 부인…'"

"마리로를 부인이라고 불러?"

"호칭은 무지개처럼 다채롭지. '똑똑히 들어요, 부인, 내 아들은 성인이 된 이후로 빚이라곤 동전 한 닢 없습니다. 거기에 1910년 이후부터 사들인 고가품 목록을 소개하자면…' 이걸 소개하고 저걸 소개하고, 이어서 내 코도 소개하고 엉덩이도 소개하고… 외교적인 카트린 드메디시스[15]라고 할까!"

레아의 푸른 두 눈이 깔깔거리다가 흘린 눈물로 반짝였다.

"아, 셰리! 널 알게 된 이후로 네가 이렇게까지 웃기는 건 처음 봐. 그래, 상대는, 마리로는 뭐래?"

"그 여자는 오! 끔찍해. 뒤로 시체를 20구는 더 숨겨놨을 것 같은 여자야. 온통 비취색으로 차려입고서, 머리칼은 다갈색에 피부는… 열여덟 살 같은데 만면에 미소를 띠고 있거든. 경애하는 우리 모친

---

14 레짐 도탈(régime dotal): 17세기 말부터 여성의 재산보호를 목적으로 부부 간의 재산 관계를 규정한 법적 체계. 결혼 시 여성이 가져오는 지참금을 남편의 관리 하에 두지만, 이후에도 여성의 소유와 권리를 인정하고 남편의 권한을 제한하는 것이 주 내용이다. 18세기에 특히 주요 조항으로 부각되었으며 20세기 들어 법제도 및 사회 인식의 변화로 중요성이 감소되었다.

15 이탈리아 메디치 가문 출신으로 프랑스 왕 앙리 2세와 결혼하였고, 이어지는 세 왕(프랑수아 2세, 샤를 4세, 앙리 3세)의 어머니로서 33년간 프랑스를 섭정하였다.

이 아무리 트럼펫을 따따부따 불어대도 눈썹 하나 까딱 안하지. 공격이 다 끝나기를 기다렸다가 조용히 받아치더라고. '1910년대[16]에 형성된 아드님의 재산에 대해선 너무 크게 언급하시지 않는 게 좋을 듯싶군요, 부인…'"

"퍽, 아픈 데를 정통으로 맞았겠네!… 너까지. 넌 어디 있었는데?"

"나? 큰 안락의자에."

"너도 그 자리에 있었다고?"

레아는 웃음을 뚝 그치고 식사도 중단했다.

"너도 거기 있었다고? 넌 뭘 했어?"

"재치있는 말로 중재했지…. 당연히. 플루 여사가 훼손된 내 명예를 되갚으려는지 벌써 값나가는 물건을 왈칵 집어 들고 있기에, 내가 자리에서 일어나지는 않은 채로 말렸어. '사랑하는 어머니, 살살 합시다. 나처럼, 달달하고 부드러운 우리 장모님처럼 굴라고. 봐, 얼마나 꿀 같고… 설탕 같은지.' 그러고 보니 부부재산제 운운도 바로 이거 때문이네."

"무슨 뜻이야?"

"저 유명한 사탕수수 농장 말이야, 가련한 어린 왕자 세스트가 유언장에서 마리로에게 남겼거든…."

"그렇구나…."

"가짜 유언장이래. 세스트 일가가 엄청나게 흥분했어! 소송이 가능하니까! 이해했어?"

---

16 세계1차대전(1914~1918), 즉 전시의 부정 축재 암시.

그는 환호작약했다.

"이해했어. 그런데 넌 그 얘기를 어떻게 안 거야?"

"아! 그건 또 사정이 있지. 릴리 할망구가 열일곱 살 난 경건한 세스트네 차남한테 죽자고 달려들었거든."

"릴리 할망구? 징그러워라!"

"… 차남 세스트가 릴리와 키스를 하는 도중에 그 아름다운 전원시를 속삭인 거야…."

"셰리! 토할 것 같아!"

"… 그 얘기를 지난 일요일, 어머니의 날에 릴리 할망구가 나한테 옮겼지. 날 예뻐하거든, 릴리가! 날 아주 우러러봐, 왜냐하면 내가 자기하고 절대 자려하지 않으니까!"

레아는 한숨을 내쉬었다.

"나도 바라는 바야. 어쨌든…"

그녀는 생각에 잠겼다. 셰리는 그녀의 기분이 가라앉은 것을 느꼈다.

"어때, 나 대단하지? 그렇지, 응?"

그는 테이블 위로 고개를 기울였다. 태양이 하얀 식탁보와 식기를 램프처럼 환히 비추었다.

"그래…."

레아는 생각했다. '어쨌든 그 독사 같은 마리로가 셰리를 문자 그대로 기둥서방 취급하는 거네….'

"크림치즈 있어, 누누?"

"응…."

'… 그리고 이 아이는 마리로가 꽃이라도 던진 것처럼 펄쩍 뛰지도 않아…'

"누누, 나도 주소 좀 알려줄래? 크림치즈푸딩 상점, 10월에 새로 고용할 요리사한테 넘겨줘야겠어."

"무슨 소리! 여기서 직접 만드는 거야. 요리사는 홍합 소스와 볼로방[17]을 봐야지!"

'… 사실 지난 오 년간 내가 이 아이를 부양한 거나 마찬가지잖아…. 어쨌든 연간 30만 프랑을 버는데 말이야. 연간 수입이 30만 프랑인데도 기둥서방일 수가 있나? 이건 금액이 아니라 정신의 문제야…. 내가 50만 프랑을 준다 해도 절대 기둥서방이 아닐 남자들이 있는가 하면…. 셰리는? 하기는 이제껏 셰리한테 돈을 줘본 적은 한 번도 없잖아…. 어쨌든…'

그녀는 외쳤다.

"어쨌든… 널 포주 취급한 거네!"

"누가?"

"마리로!"

그의 얼굴이 환해지며 어린아이 같은 표정이 되었다.

"그런 거지? 그런 거지, 누누, 그게 그 여자가 하고 싶었던 말이지?"

"그런 것 같아!"

셰리는 브랜디 빛깔을 띤 샤토 샬롱 와인을 채운 자신의 잔을 들어 올렸다.

---

17 파이 반죽에 고기나 생선 크림 스튜를 넣은 뒤 오븐에 굽는 요리. 홍합 소스와 볼로방 모두 크림이 사용된다.

"마리로 만세! 과찬도 그런 과찬이 없네, 안 그래? 내가 당신 나이쯤 됐을 때도 그런 말을 들으면 더 바랄 게 없을 것 같아!"

"그래서 네가 행복하다면야…"

레아는 점심식사를 마칠 때까지 그의 말을 건성으로 들으며 생각에 잠겼다. 현명한 애인의 과묵함에 익숙한 셰리는 모성애적이고 일상적인 최소한의 대구에 만족했다. "더 잘 구워진 빵을 집어…. 안 익은 빵 속을 너무 많이 먹지 마…. 넌 도무지 과일 고를 줄을 모르는구나…." 그녀는 그를 질책하면서도 내심으로 우울했다. '아무리 그래도 내가 바랐던 건 인정해야지! 내가 뭘 바랐는데? 셰리가 발끈하기를! "부인, 모욕적이군요! 부인, 나는 부인이 생각하는 그런 사람이 아닙니다!"라고 하기를! 따지고 보면 내 책임이야. 내가 온실 속에서 키워서 그래, 부족함 없이 뭐든 다 해줘서…. 어느 날 얘가 한 가정의 가장 노릇을 하고 싶어 할 거라고 누가 생각이나 했겠느냐고? 난 상상이 안 돼! 어쨌든 인정한다 치자, "가족 본능이란 게 있죠!"라고 파트롱도 말했지. 그 파트롱도 리안의 제안을 받아들였지만 누군가 귀에 대고 바다 물결에 대해 속삭인다면 또 피가 끓을걸. 하지만 셰리, 저 애의 피는 또 다를지 몰라. 저 애는…'

그녀는 생각을 중단했다.

"뭐라고 했어, 셰리? 못 들었어."

"나한텐 이 세상에 절대, 절대 마리로와 내 얘기보다 더 웃긴 건 없을 거라고 했어!"

'이거네, 저 아이한텐 이 상황이 그냥 웃긴 거네.' 레아는 속으로 결론지었다.

그녀는 힘없이 일어났다. 셰리가 그녀의 허리에 팔을 둘렀으나 그녀는 밀어냈다.

"언제라고 했지, 네 결혼식?"

"8일 월요일."

너무도 해맑고 너무도 초연한 그의 태도에 그녀는 당황스러웠다.

"환상적이네!"

"왜 환상적인데, 누누?"

"네가 전혀 신경쓰는 것 같지 않아서!"

그는 차분한 목소리로 대꾸했다.

"응, 신경 안 써. 모든 게 결정됐는걸. 두 시에 식을 올리니까 대단한 점심식사 준비에 열 올리지 않아도 되고. 다섯 시엔 샤를로트 플루 부인 집으로 갔다가 그 다음엔 슬리핑, 이탈리아, 호수…"

"호수는 미뤄진 거야?"

"미뤄졌어. 빌라, 호텔, 자동차, 식당들… 몬테카를로도 갈 거야!"

"하지만 혼자가 아니잖아! 그 여자애도 있잖아…."

"물론, 그 여자도 있지. 많은 부분은 아니지만 있긴 있지."

"그리고 이제 더는 내가 없고."

셰리는 대답을 말 대신 얼굴로 내비쳤다. 어쩔 줄 모르며 흔들리는 동공, 순식간에 핏기가 빠져나간 입술, 일그러진 표정. 그는 그녀가 숨소리를 듣지 못하도록 조심스럽게 심호흡을 한 뒤, 본래의 모습으로 돌아갔다.

"당신은 늘 있을 거야, 누누."

"신사 분의 과찬에 몸 둘 바를 모르겠는걸."

"당신은 늘 있을 거야, 누누…. - 그는 어색하게 웃었다 - 내가 필요할 때면 그 즉시 날 도와주러 오면 되잖아."

레아는 아무 대답도 하지 않았다. 그녀는 몸을 숙여 땅에 떨어진 자개 빗핀을 주운 뒤 흥얼거리며 머리칼에 찔러 넣었다. 그녀는 흐뭇한 표정으로 거울 앞에서 흥얼거림을 이어갔다. 너무도 능숙하게 자신을 다스린 것에, 한순간 복받친 이별의 격한 감정을 숨긴 것에, 절대 해선 안 될 말, 그러니까 '말해…. 애원하고, 우기고, 매달려…. 이리 와서 날 행복하게 해달라고…'를 자제한 것에 자랑스러워하면서.

플루 부인은 레아가 들어서기 전부터 이미 많은 말을 길게 늘어놓고 있었던 듯했다. 붉게 달아오른 광대뼈가 경솔하고 속을 알 수 없는 호기심과 감시와 염탐만을 내비치는 두 눈에 광채를 보탰다. 그 일요일, 그녀는 검정색 야회복을 입었는데 치마가 하도 좁아서 매우 작은 발과 불룩 솟은 배를 모두가 알아 차렸다. 그녀는 말을 멈추고 손 안에서 미지근해진 가느다란 술잔의 술을 한 모금 넘긴 뒤, 행복하면서도 우울한 표정으로 레아를 향해 고개를 돌렸다.

"날이 믿기지 않게 좋지? 이 날씨! 이 날씨! 이걸 10월이라고 할 수 있을까?"

두 비굴한 목소리가 화답했다.

"오! 아니죠…. 절대 아니죠!"

오솔길을 따라 하늘거리며 늘어선 붉은 샐비어의 강줄기가 잿빛에 가까운 연보라색 과꽃의 강물로 흘러들어간다. 갈색 테두리의 노랑나비들이 여름인양 나풀거렸지만 태양빛에 달구어진 국화꽃 향기가 문이 열린 거실로 흘러들어왔다. 마지막 벌들을 붙들고 있는 벵골장미 정원 위로 노란 자작나무 한 그루가 바람에 한들거렸다.

플루 부인은 느닷없이 열정적으로 외쳤다.

"대체 무슨 일일까요? 이 날씨가 대체 무슨 일이냐고, 이탈리아에 있을 **사람들**은 어쩌라고?"

두 비굴한 목소리는 대답했다.

"중요한 건… 부인이 그렇게까지 두 사람을 생각한다는 거죠!"

레아는 미간을 좁히며 목소리들 쪽을 돌아보고는 혼잣말을 했다.

'저 둘은 입만 다물어도 그나마 나을 텐데.'

라베르슈 남작부인과 알돈자 부인은 카드테이블에 앉아 피케 카드게임을 하고 있었다. 알돈자 부인은 매우 연로한 왕년의 무희였는데 류머티즘으로 무릎이 뒤틀린 두 다리를 담요로 감쌌고 머리엔 반질반질 광이 나는 검정색 가발을 비스듬히 쓰고 있었다. 맞은편에서 머리가 절반은 더 올라가있는 라베르슈 남작부인은 시골 사제처럼 각진 어깨를 의자 깊숙이 밀어 넣고 앉았는데, 커다란 얼굴은 노화로 인해 남성화되고 험상궂어졌다. 귀는 털 밖에 안 보이고, 코와 입술도 솜털이 무성했으며, 손가락마저 텁수룩했다.

알돈자 부인은 염소울음 소리로 앵앵거렸다.

"남작부인, 내 90점을 막지 마세요."

"득점하세요, 득점요, 친애하는 친우님, 내가 바라는 건 모두가 만족하는 거랍니다."

라베르슈는 시종일관 덕담을 멈추지 않으면서 야만적인 잔인성을 감추었다. 레아는 처음으로 그녀를 역겨워하면서 플루 부인 쪽으로 다시 얼굴을 돌렸다.

'샤를로트는 적어도 인간적인 얼굴이긴 해….'

"왜 그래, 나의 레아? 얼굴이 좋지 않네?"

플루 부인이 다정하게 물었고 레아는 아름다운 허리를 뒤로 젖히며 대답했다.

"아니, 괜찮아, 나의 샤를로트… 자기 집이 아주 쾌적해서 기운이 나는 참이야…."

레아는 대답하며 생각했다. '조심하자…. 여차하면 잔혹해질 수도 있는 장소니까….' 그녀는 만족스럽고 편안하고 한없이 나른한 표정을 지어 보이고는 한숨을 내쉬며 강조했다.

"너무 먹었어…. 살을 좀 빼고 싶어, 특히 여기! 내일부터 다이어트를 해야겠어."

플루 부인은 몸을 흔들어대며 선웃음을 쳤다.

"슬픔만으로 충분하지 않은 가봐?"

"하하하! 으하하하!"

알돈자 부인과 라베르슈 남작부인은 폭소를 쏟아냈다.

레아는 일어섰다. 진녹색 가을 드레스를 입은 그녀는 훤칠했고, 수달모피로 가장자리에 테를 두른 새틴 모자 속의 얼굴은 아름다웠으며, 그녀가 온화한 시선으로 일별하는 저 유적들 중에서 가장 젊었다.

"아, 이런! 그 슬픔으로는 1킬로그램 밖에 안 줄어서!"

"당신 정말 멋져, 레아."

남작부인은 담배연기를 내뿜으며 말했다. 늙은 알돈자는 구걸했다.

"레아 부인, 그 모자는 언제쯤 쓰다버릴 건가요? 샤를로트 부인, 기억나요, 부인이 나한테 준 그 파란 모자? 내가 그걸 아마 이 년은 썼죠. 남작부인, 레아 부인 흘금거리는 거 다 끝났으면, 이제 그만 카드 좀 돌리시죠?"

"자 여기, 행운이 가득하길 빌며!"

레아는 한동안 거실 문가에 서 있다가 정원으로 내려갔다. 그녀는 꽃잎이 떨어진 벵골장미 한 송이를 땄고, 자작나무를 흔드는 바람과 큰길가의 전차와 순환열차의 기적소리에 귀를 기울였다. 그녀가 앉은 벤치는 미지근했다. 그녀는 어깨를 데우는 햇볕에 몸을 내맡긴 채 두 눈을 감았다. 그러다가 문득 눈을 뜨며 집 쪽으로 황급히 고개를 돌렸다. 거실 문에 어깨를 기대고 서 있는 셰리가 보일 거라는 느닷없는 확신에 사로잡혀서…

'내가 왜 이러지?' 그녀는 자문했다.

거실에서 터져 나오는 새된 웃음소리와 손님을 맞는 웅성거림이 그녀를 일으켜 세웠다. 몸이 미세하게 떨렸다.

'내가 신경과민이 된 건가?'

"아! 저기들 왔네, 저기들 왔어."

플루 부인이 트럼펫을 불자 남작부인의 굵직한 중저음이 박자를 맞추었다.

"젊은 한 쌍이네! 젊은 한 쌍이야!"

레아는 부르르 몸을 떨며 문가로 달려가 우뚝 멈춰 섰다. 그녀의 눈앞엔 이제 막 도착한 연로한 릴리와 그의 청소년 연인인 세스트 왕자가 서 있었다.

아마도 일흔 쯤 되었을 릴리에 대해 사람들은 으레 그녀가 '한계를 넘었다'고 쑥덕거리곤 했는데, 어떤 한계인지는 구체적으로 밝히지 않았다. 어린애 같은 영원한 명랑함이 분홍빛으로 분칠한 그녀의 둥그런 얼굴을 환히 밝혔고, 커다란 두 눈과 오므라든 작고 얇은 입술은 부끄러움을 모르고 추파를 흘렸다. 유행을 따른 옷차림은 가히 뻔뻔스러웠다. 혁명을 상징하는 파란색과 흰색의 줄무늬 치마가 하반신을 감쌌으며, 짧고 몸에 꼭 맞는 파란색 상의는 가슴팍에서 벌어져 오돌토돌하고 질긴 칠면조 거죽 같은 피부를 드러냈다. 은빛 여우는 배가 불룩했고 턱을 빨아들인 듯 두툼해진 맨 목을 숨기지 않았다….

'섬뜩하군.' 레아는 생각했다. 특별히 을씨년스러운 몇 가지 세부사항에서는 눈을 뗄 수 없었다. 예컨대 갈색에 분홍색이 섞인 짧은 가발 뒤쪽에 소녀인양 얹은 '브르타뉴 풍[18]'의 흰색 펠트 모자라든지, 예전에 '비너스의 목걸이'로 불렸던 목의 깊은 고랑 속에 한 번은 파묻혔다가 다른 한 번은 모습을 드러내는 진주목걸이가 그러했다….

"레아, 레아, 나의 정다운 벗!"

늙은 릴리는 레아를 향해 서둘러 다가오며 외쳤다. 릴리는 보석 고리 장식이 달린 높은 굽의 반장화를 조여 맨 둥글고 부어오른 발로 힘겹게 걸음을 옮기고는 선수를 쳤다.

"내가 오리새끼처럼 뒤뚱거리며 걷죠! 내 특유의 걸음걸이죠! 귀도, 내 사랑, 롱발 부인 기억하지? 그렇다고 너무 기억하지는 말고, 안 그

---

18 꼭대기가 납작하고 차양이 넓은 모자.

랬다간 날 잘 알지?…"

이탈리아인의 얼굴을 한 호리호리한 체구의 청년이 다가와 레아의 손에 재빨리 키스하고는 아무 말도 없이 어둠 속으로 물러났다. 멍한 커다란 눈에 턱은 거의 보이지 않을 만큼 조붓했다. 릴리는 물러나는 그를 덥석 붙잡더니 좌중을 증인 삼아 자신의 우둘투둘한 가슴팍으로 그의 머리를 당겨 안았다.

"이게 무슨 뜻인지 알겠죠, 부인, 이게 무슨 뜻인지! 나의 소중한 사랑이랍니다, 여러분!"

"자중해, 릴리."

라베르슈 남작부인의 남성적인 목소리가 충고했다.

"뭐가 어때서요? 뭐가 어때서요?"

샤를로트 플루가 릴리의 역성을 들자 남작부인은 대꾸했다.

"품위 문제니까요."

샤를로트 플루는 한숨을 내쉬었다.

"남작부인, 좀 너그러워져 봐요! 저 두 사람, 얌전하기만 한 걸요! 아, 문득 우리 아이들 생각이 나는군요."

릴리는 반색하는 웃음과 함께 대꾸했다.

"나도 그 생각을 했어요. 귀도와 나, 우리도 둘만의 허니문 중이죠! 또 다른 신혼부부의 소식이 궁금해서 온 거예요! 그 김에 우리 이야기도 모조리 들려주기 위해서!"

플루 부인은 엄격해졌다.

"릴리, 설마 외설스런 소리라도 듣기를 기대하는 건 아닐 테죠, 그렇죠?"

"그거죠, 왜 아니겠어요, 그거죠." 릴리는 양손을 흔들며 외치고는 펄쩍 뛰어오르려 했으나 실상은 어깨와 엉덩이만 조금 들썩거렸을 뿐이었다. 그녀는 말을 이었다.

"내가 원래 그런 사람이고, 다들 나를 그렇게 알고 있잖아요! 죄악을 소곤거리는! 아무도 날 못 고쳐요. 그건 이 악동도 잘 알고요!"

워낙에 과묵한 청년은 피의자가 되어서도 입을 열지 않았다. 그의 검은 동공이 겁에 질린 곤충처럼 흰자위 속에서 파닥거렸다. 레아는 얼어붙은 채 그를 바라보았다.

알돈자 부인은 염소울음 같은 목소리로 말했다.

"샤를로트 부인이 결혼식 얘기를 들려줬어요. 오렌지 꽃나무 아래서 젊은 플루 부인이 얼마나 매혹적이었는지."

샤를로트 플루는 신성한 열기에 휩싸여 목청껏 정정했다.

"매혹적이라기보다는 성모마리아! 성모마리아 그 자체였죠! 그런 장관은 절대, 절대 다시 볼 수 없을 거예요! 내 아들이 그야말로 구름 속을 걸었다니까요! 구름 속을… 세상에 다시 없을 아름다운 부부예요! 세상에 다시 없을 아름다운 부부!"

릴리는 소곤거렸다.

"오렌지 꽃나무 아래라네… 들었어, 내 사랑?… 그건 그렇고, 샤를로트, 우리의 장모는요? 마리로는 어땠나요?"

플루 부인의 매서운 한쪽 눈이 빛을 잃었다.

"아! 그 여자는… 무례하기 짝이 없었죠. 철저히 무례했어요… 온통 시커먼 색으로 몸에 딱 달라붙게 차려입은 것부터가 물에서 기어 나오는 뱀장어 같았다고 할까요. 그래서 가슴이며 배며 모든 게 노골적으로 드러나 보였죠! 노골적으로!"

"상스러워라!"

라베르슈 남작부인은 호전적인 분노를 표출하며 으르렁거렸다.

"게다가 모두를 비웃는 듯한 그 표정은 어떻고요. 시종일관 호주 머니에 청산가리하고 작은 주머니 백에 클로로포름 4파인트라도 숨긴 듯한 표정이었다니까요! 맞아요, 무례했다는 게 정확한 표현이네요! 식사를 하고 나서는 시간이 단 오 분밖에 없다는 듯이 입을 톡톡 두드려 닦자마자 '안녕, 에드메, 안녕, 프레드' 외치더니 휙 가버리지 뭐예요!"

연로한 릴리는 안락의자에 걸터앉아 숨을 헐떡거렸다. 입가가 자글자글한 쪼그라든 조상님의 입술이 반쯤 벌어졌다. 그녀는 물었다.

"조언은요?"

"무슨 조언?"

"조언 있잖아요, - 오, 내 사랑, 손 좀 잡아줘! - 신부한테 해주는? 친정어머니 말고 또 누가 신부한테 조언을 하겠어요?"

샤를로트 플루는 모욕당한 표정으로 릴리를 노려보았다.

"부인 시대에나 지키던 전통이겠죠, 지나간 풍습이랍니다."

노인은 두 주먹을 기운차게 허리에 얹었다.

"지나가요? 지나갔건 아니건, 부인이 어찌 알겠어요? 혼례가 극히 드문 집안인데!"

"하하하!"

다른 두 멍청이는 경솔하게 웃음을 터뜨렸으나, 플루 부인의 흘깃거리는 한쪽 눈만으로도 바로 질겁했다.

"진정해요, 진정해, 다들 천사잖아요! 다들 각자의 천국이 있는데, 뭘 더 바라겠어요?"

라베르슈 남작부인은 흥분하여 붉게 달아오른 두 여자의 머리 사이로 평화를 수호하는 경찰의 억센 손을 뻗었다. 하지만 샤를로트 플루는 경주마처럼 전쟁이 벌어졌음을 직감했다.

"당신이 먼저 싸움을 걸었어, 릴리. 원한다면 난 언제든 상대해줄 수 있어! 당신을 존중하긴 해, 그렇지 않았으면…"

릴리는 턱과 허벅지가 덜덜거리도록 깔깔거렸다.

"그렇지 않았으면 뭐? 당신이 직접 결혼이라도 할래, 오직 내 말을 반증하기 위해서? 하기는 결혼이 뭐 어려워, 어디 해봐! 나도 귀도가 성인이었으면 벌써 결혼했지!"

"설마?"

샤를로트는 분노도 잊은 채 대꾸했다.

"설마라니!… 세스트 공주님, 내 사랑! 피콜라 프린치페사[19]! 피콜라 프린치페사! 귀도가, 나의 어린 왕자님이 날 이렇게 부르는걸!"

릴리는 양 검지로 치마를 집어 올려 발목으로 짐작되는 곳에 두른 발찌를 드러내보였다. 그녀는 머뭇거리며 말을 이었다.

"다만 저 애 부친이…"

그녀는 숨을 헐떡이며 손짓으로 과묵한 아이를 불렀다. 그는 읊조리듯 낮은 목소리로 재빠르게 설명했다.

"우리 아버지, 파레제 공작이 릴리와 결혼하면 저를 수녀원으로 보

---

19 piccola principessa, 이탈리아어로 '작은 공주'의 뜻.

내버리겠대요….”

샤를로트 플루는 비명을 질렀다.

“수녀원이라니! 남자한테 수녀원이라니!”

라베르슈 남작부인은 아주 낮게 힝힝거렸다.

“남자한테 수녀원이라니! 젠장, 기가 차네!”

알돈자 부인은 비틀린 두 손을 깍지 끼며 한탄했다.

“이렇게 야만적일 데가.”

레아는 불쑥 자리에서 일어났고 그 바람에 술이 가득한 유리잔이 바닥에 떨어졌다. 플루 부인은 술잔을 확인하고서 다행스러워했다.

“화이트와인 잔이야. 자기가 우리 집 신혼부부한테 행운을 가져다 줄 모양이야. 어디를 그렇게 허둥지둥 가는 거야? 집에 불이라도 났어?”

레아는 애써 무언가를 숨기는 듯한 웃음을 지어보였다.

“불이 났다고 할 수도 있지…. 쉿! 이 이상 더 묻지 마! 수수께끼로 남길게….”

“설마? 새 남자? 말도 안 돼!”

샤를로트 플루는 선망 어린 목소리로 삐악거렸다.

“어쩐지 표정이 이상하더라.”

“그래, 그래! 죄다 얘기해봐!”

세 늙은이는 합창으로 울부짖었다.

릴리의 축 늘어진 손바닥과 알돈자의 그루터기 같은 비틀린 손과 샤를로트 플루의 단단한 손가락이 레아의 손이며 팔뚝이며 금사로 짠 핸드백을 붙들었다. 레아는 그 모든 손들에서 가까스로 벗어나며 다시 한 번 놀리는 표정으로 웃는데 성공했다.

"아니, 아직은 일러요. 까딱하다간 다 망쳐버릴 테니까! 아직은 나만의 비밀이에요!…"

레아는 현관으로 달려 나갔다. 그녀 앞에서 문이 열리더니 비쩍 말라붙은 또 다른 조상님이 나타났다. 우스꽝스러운 일종의 미이라가 그녀를 부둥켜안았다.

"레아, 당신의 바르텔레미한테 인사 키스는 해줘야지, 안 그러면 못 지나가!"

공포와 인내심의 한계에 부딪힌 그녀는 비명을 내지르고는, 자신을 붙드는 옷을 걸친 해골의 따귀를 올려붙인 뒤 달아났다.

급격한 석양빛에 푸르스름해진 뇌이의 대로에서도, 부아의 오솔길에서도 레아는 생각할 여유를 갖지 못했다. 몸이 미세하게 떨렸다. 그녀는 차창을 다시 올렸다. 집이 뚜렷하게 보이고, 이어서 가구와 꽃들이 넘쳐나는 규방과 분홍색 침실을 되찾으며 그녀는 안도했다.

"로즈, 빨리, 침실에 불 좀 피워줘요!"

"이미 겨울처럼 21도에 맞춰놓은 걸요. 사모님이 옷을 가볍게 입으신 게 잘못이에요. 밤공기는 늘 언제 돌변할지 몰라요."

"지금 당장 이불 속에 달군 쇠공을 넣어줘요. 저녁으로는 진한 핫초코 큰 컵으로 한 잔에 달걀노른자를 깨뜨려 풀어주고, 그 다음에 통닭구이와 포도를 먹을게…. 어서, 이러다 나 얼어붙겠어요. 아무래도 뇌이의 그 아수라장에서 감기에 걸린 것 같아…."

그녀는 침대에 누워 이가 딱딱 맞부딪치는 것을 막기 위해 이를 악물었다. 침대의 온기가 경직되었던 근육을 이완시켰으나 아직 조금도 느긋해지지 않았다. 그녀는 운전기사인 필리베르가 작성한 계산서를 핫초코가 올 때까지 점검했다. 이윽고 표면이 거품으로 뒤덮인 따뜻한 핫초코를 마시고 나서, 송이가 기다란 샤슬라 포도를 흔들면서 포도 알들을 차례로 골라 따먹었다. 연두색 포도송이가 전등 빛을 받아 군데군데 호박색을 띠었다.

레아는 침대 머리맡의 전등을 끄고서 좋아하는 자세로, 그러니까 똑바로 누웠다.

'내가 왜 이러지?'

다시 불안감이 엄습하며 몸이 덜덜 떨렸다. 텅 빈 문의 이미지가 강박이 되었다. 붉은색 샐비어 덤불이 양 갈래로 난 거실의 문.

'아무래도 이건 병이야, 문 하나 때문에 이 지경이 되지는 않지.'

세 늙은이의 모습도 다시 떠올랐다. 릴리의 목, 알돈자 부인이 20년 전부터 온갖 군데를 끌고 다니는 베이지색 담요.

'십 년 뒤 나는 그 셋 중에서 누구와 가장 닮아있을까?'

그런 예측은 두렵지 않았음에도 불안감이 증폭되었다. 레아는 머릿속에서 붉은 샐비어가 테두리를 두른 텅 빈 문을 물리치려 애쓰면서 이 이미지에서 저 이미지 사이를, 이 추억에서 저 추억 사이를 헤맸다. 그녀는 침대 속에서 진저리를 치며 여전히 미세하게 몸을 덜덜거렸다. 돌연 어떤 불편함이 느껴졌다. 그 느낌이 하도 강렬하여 처음엔 육체적인 문제로 여겼다. 그것은 그녀의 몸을 들어 올리고 입술이 비틀리게 하더니 입에서 거친 숨소리와 울먹거림과 함께 끝끝

내 이름 하나를 이끌어냈다.

"셰리!"

눈물이 뒤따랐다. 그녀는 바로 통제하진 못했으나 점차로 자제력을 되찾았고, 진정되는 대로 일어나 앉아 눈물을 훔친 뒤 전등을 다시 켰다.

'아, 저기 있네.'

그녀는 머리맡 콘솔에서 체온계를 집어 들어 겨드랑이 밑에 끼웠다.

'37도. 그렇다면 몸의 이상은 아닌 거지. 그래, 감정적으로 고통스러운 거야. 해결을 해야지.'

레아는 물을 마시고 일어나 퉁퉁 부은 두 눈을 물로 축인 뒤, 분칠을 하고 벽난로의 장작을 쑤석거리고는 다시 잠자리에 들었다. 보다 신중해진 기분이었다. 자신도 모르는 적, 요컨대 고통에 대한 경계심으로 가득했다. 편하고 안락하고 종종 사랑에 빠지고 이따금 탐욕스러웠던 30년간의 삶이 쉰 살이 다 된 그녀에게서 떨어져나가며 그녀를 젊게, 거의 벌거숭이 상태로 내버려두었다. 스스로가 우스웠다. 더는 고통이 감지되지 않았다. 그녀는 미소를 머금었다.

'좀 전엔 내가 제정신이 아니었던 거야. 이제 더는 아무렇지 않아.'

하지만 왼팔이 무심결에 벌어지더니 가상의 잠든 얼굴을 받치고 보호하기 위해 둥글게 말렸고, 이 동작은 또 다시 그녀를 극심한 고통에 빠뜨렸다. 그녀는 벌떡 일어나 앉았다.

"이러다가 정말 큰일 나겠어!"

그녀는 소리를 높여 심각하게 말한 뒤에 시간을 확인했다. 열한 시가 조금 못 된 시각이었다. 위층에서 로즈의 숨죽인 발소리가 다락 방 계단으로 향하는가 싶더니 이내 잦아들었다. 레아는 이 충직한 여자에게 도움을 청하고 싶은 충동을 억눌렀다.

'아! 안 돼, 부리는 사람한테 추태부리면 안 되지, 안 되고말고.'

그녀는 일어나서 솜으로 누빈 비단 가운을 따뜻하게 걸친 뒤 발을 녹였다. 그러고는 창문을 살짝 열고서 무언지도 모를 소리에 귀를 기울였다. 촉촉하고 보다 부드러워진 바람이 구름을 몰고 왔다. 바로 가까이의 숲에서 아직 잎이 무성한 나무들이 바람이 일 때마다 소곤거렸다. 레아는 창문을 다시 닫고서 신문을 집어 들어 날짜를 확인했다.

'10월 26일. 셰리가 결혼한 지 한 달 됐구나.'

그녀는 결코 '에드메가 결혼했다'고 말하는 법이 없었다.

그녀는 셰리를 흉내 냈다. 그 젊은 여성의 그림자를 아직 살아있다고 간주하지 않았다. 갈색 눈동자와 무척 아름답고 풍성하고 곱슬곱슬한 잿빛 머리칼, 나머지는 꿈속에서 보았던 얼굴인양 윤곽이 기억 속에서 흩어졌다.

'이 시간쯤이면 이탈리아에서는 틀림없이 사랑을 나누는 중이겠지. 나랑은 아무 상관없는 일이야….'

허세를 부린 것은 아니었다. 그녀가 상상한 젊은 부부의 모습, 그녀가 떠올린 익숙한 동작들, 일 분간 기절해있는 셰리의 얼굴, 힘없이 내려앉은 그의 눈꺼풀 사이로 새나오는 한 줄기 하얀 섬광, 그 모든 것에 그녀는 궁금증도 질투도 느끼지 않았다. 반면에 연회색 목제 가구에 남은 작은 반달 모양의 흠집, 그러니까 셰리의 갑작스런 광포

함의 흔적 앞에서는 본능적 발작에 사로잡혀 몸이 휘었다.

'그의 아름다운 손이 남긴 흔적이 이제는 영원히 나를 공격하는구나…. 말이 술술 잘도 나오네! 슬픔이 나를 얼마나 더 시적으로 만드는 걸까!'

그녀는 방안을 서성이다가 앉았다가 다시 눕기를 반복하면서 날이 밝기를 기다렸다. 오전 여덟 시, 로즈는 책상에 앉아 무언가를 써 내려가는 레아를 발견했다. 나이 든 가정부를 걱정시키는 광경이었다.

"사모님, 어디 편찮으세요?"

"그냥저냥. 로즈, 그럴 나이잖아요, 알면서… 비달 약학사전에서 환경을 바꿔보라고 하더라고요. 우리 함께 떠날래요? 여긴 올겨울이 혹독할 거라는데. 나랑 햇볕 좋은 데 가서 올리브오일 요리나 즐겨요."

"어디로 가실 건데요?"

"참 궁금한 것도 많네요. 트렁크나 꺼내줘요. 나한테 모피 이불 좀 잘 덮어주고…"

"차도 가져가시나요?"

"그래야겠죠. 아니, 반드시 가져가야죠. 필요한 것들을 전부 챙겨 가고 싶으니까. 로즈, 생각해봐요, 이번엔 나 혼자 떠나는 거예요. 순수한 의미의 여행이라고요."

이후 닷새 동안, 레아는 파리를 이리저리 뛰어다니고, 편지를 쓰고, 전보를 치고, 남프랑스에서 전보와 편지를 받았다. 그녀는 파리를 떠나며 플루 부인에게 편지를 남겼다. 짤막했지만, 세 번이나 고쳐 쓴 편지였다.

친애하는 나의 샤를로트,

자기한테 작별 인사도 없이 작은 비밀을 간직한 채로 떠났다고

날 원망하지는 마. 난 완전히 미쳐있는 것뿐이니까!…

인생은 짧으니 적어도 즐겁기라도 해야 하지 않겠어?

애정을 담아 키스를 보내. 녀석이 돌아오면 내 우정을 전해줘.

너의 구제불능 친구,

레아.

P.S. 수고롭게 집사나 관리인을 추궁하러 우리 집에 올 필요 없어.

우리 집에선 아무도 내 행방을 모르니까.

"사랑하는 나의 보물, 안색이 별로 안 좋아 보이네, 무슨 일이지?"

"열차에서 밤을 보내서 그래."

셰리는 짤막하게 대꾸했다. 플루 부인은 감히 생각 전부를 입 밖에 내지 못했다. 그녀는 아들이 변했다고 느꼈다.

'뭔가… 그래, 치명적이야.' 그녀는 속으로 단정 짓고는 열광하며 소리 높여 결론지었다.

"이탈리아 때문이구나!"

그는 양보했다.

"엄마가 그렇다면."

모자는 함께 아침식사를 들고 난 참이었다. 셰리는 몇 마디 불경스런 찬사로 '콩시에르주 카페오레[20]'에 경의를 표해주었다. 말하자면

---

20   콩시에르주concierge는 건물 관리인, 수위의 뜻이다. '콩시에르주 카페오레'는 개인적인 조리법으로 특별히 제조한 카페오레로, (오랜 여행 뒤에 집에 돌아온 셰리에게) 향수를 불러일으키는 음식을 의미하기 위해 사용되었다.

황금빛의 기름지고 달콤한 브랜드 커피푸딩으로, 버터에 발라 구운 빵들을 커피우유에 부셔 넣어 약한 불에서 익힌 뒤에, 빵의 바삭하고 먹음직스러운 겉면이 커피를 뒤덮도록 다시 한 번 화덕 숯불에서 구워내는 아침식사용 커피였다.

그는 흰색 모직 잠옷을 입고서 으슬으슬해하며 두 팔로 양 무릎을 감쌌다. 샤를로트 플루는 아들에게 예뻐 보이려고 새 금잔화 꽃무늬 실내가운과 실내용 헝겊모자를 개시했는데, 고무줄을 두른 헝겊모자가 관자놀이를 세게 조여 맨 얼굴을 대단히 음산해 보이게 만들었다.

그녀는 아들이 물끄러미 바라보자 교태를 부렸다.

"이거 봐, 옛날 옛적 조상님처럼 치장해 봤어! 곧 화장도 할 거야. 이 모자 마음에 드니? 18세기 분위기 나지 않아? 뒤바리 부인, 아니면 퐁파두르[21]? 누굴 더 닮았니?"

"죄수 같습니다, 여사님."

셰리는 계속해서 비수를 꽂았다.

"정말 못 봐주겠어, 예고라도 좀 하든가."

그녀는 신음을 흘리다가 이내 폭소했다.

"하하하! 신랄하긴!"

그는 웃지 않았다. 그는 밤새 떨어진 눈이 잔디를 얇게 뒤덮은 정원을 바라보았다. 보일 듯 말 듯 미세하게 부풀어 올라 경련하는 턱

---

21 둘 다 루이 15세의 정부이다. 막강한 정치적, 문화적 영향력을 행사한 화려한 스타일의 퐁파두르 부인이 사망한 뒤에, 우아한 스타일의 서민 출신 뒤바리 부인이 그 뒤를 이었으나 정치적 영향력은 극히 제한적이었다.

근육만이 그의 곤두선 신경을 드러냈다. 의기소침해진 플루 부인은 아들을 따라 침묵했다. 초인종의 둔탁한 진동음이 울렸다.

"에드메가 아침식사 호출하나보다."

플루 부인이 말했으나 셰리는 묵묵부답이었다. 그는 한참 만에 입을 열었다.

"난방기가 어떻게 됐나? 왜 이리 추워."

플루 부인은 신명이 나서 재차 말했다.

"이탈리아 효과라니까. 네가 눈과 가슴에 태양을 한가득 담고 돌아와서 그래! 그런데 갑자기 북극에 떨어졌으니! 북극에! 달리아가 여드레 동안이나 피지 않았는걸! 하지만 걱정 마, 사랑하는 내 새끼. 네 새 둥지가 점차 완성되고 있으니까. 건축가가 파라티푸스에 걸리지 않는 한, 곧 끝날 거야. 내가 경고했거든. 귀가 닳도록, 스무 번도 더 재촉했어. '사바롱 씨, 빨리 좀…'"

창가에 가 있던 셰리는 불쑥 뒤를 돌아보며 물었다.

"날짜가 며칠로 돼있어, 그 편지?"

플루 부인은 어린아이처럼 눈을 휘둥그렇게 떴다.

"무슨 편지?"

"좀 전에 보여준 레아 편지."

"날짜는 안 적혀 있지만, 내가 편지를 받은 건 10월 마지막 일요일 전날이야."

"그래…. 엄마도 모르는 거구나, 누구인지?…"

"누구 말이니, 내 보물?"

"어, 그, 저, 레아가 어떤 놈이랑 떠났는지 말이야."

플루 부인의 맨 얼굴이 짓궂어졌다.

"몰라, 전혀! 아는 사람이 아무도 없어! 릴리는 시칠리아에 있고, 다른 여자들도 그쪽으론 깜깜해! 그야말로 미스터리, 몹시 걱정스러운 미스터리지! 그렇지만 내가 누구니, 여기저기서 정보들을 주워 담았단다…"

셰리의 검은 동공이 흰자위 속에서 흔들렸다.

"어떤 잡소문들을?"

플루 부인은 소곤거렸다.

"젊은 남자래…. 젊은 남잔데 좀… 별 볼 일 없는, 알겠니?… 말하자면 허우대만 멀쩡한!"

그녀는 가장 저급한 억측을 골라 거짓말했다.

"아! 허, 허!… 허우대만 멀쩡하다니! 안 봐도 눈에 선하네, 가련한 레아와 파트롱 수업에 들락거리던 덩치 큰 애송이. 손목엔 검은 털이 북슬북슬하고 손은 축축하겠지…. 난 다시 자야겠어, 엄마 때문에 졸려."

셰리는 가죽 슬리퍼를 끌며 기다란 복도와 갑자기 낯설게 느껴지는 널찍한 층계참에서 미적대다가 침실로 향했다. 도중에 가운데가 불룩한 장식장에 부딪치며 놀라 펄쩍 뛰었다.

"젠장, 여기 장식장이 있는 걸 기억했더라면… 아! 그래, 이제 어렴풋이 기억나네…. 그 녀석은 대체 누굴까?"

그는 벽에 음울하게 걸린 검정색 목재 액자틀 안의 확대된 사진에게 물었다. 그 옆에 놓인 알록달록한 도기 또한 새삼스러웠다.

플루 부인은 근 20년간 이사하지 않았고 기괴한 취미, 물건을 쌓

아두는 취미로 이어온 모든 착오들을 그 자리 그대로 간직했다. "자기 집은 정신 나간 개미가 사는 집 같아." 그림에, 특히 진보적인 화가들에 욕심이 많은 릴리는 플루 부인을 타박하곤 했고 그럴 때면 플루 부인의 대꾸는 이러했다.

"뭐하러 좋은 것들을 건드려?"

복도의 청록색 – 레아에 의하면 병원 복도 색깔 – 칠이 비늘처럼 떨어져 너덜거렸을 때는? 샤를로트 플루는 다시 초록색 칠을 하고서, 복도의 긴 의자를 씌운 검붉은색 벨벳을 교체하기 위해 똑같은 검붉은색 벨벳을 집요하게 찾아냈다.

셰리는 문이 열린 욕실 문턱에서 멈춰 섰다. 애초에 흰색이었던 세면대가 붉은 대리석 세면대 테이블 속에 끼워 넣어졌고, 벽에 매달린 두 전등은 백합 모양 진주들이 떠받치고 있었다. 셰리는 감전이라도 된 듯 양 어깨를 귀까지 끌어올리며 움찔했다.

"맙소사, 정신없어, 난잡하기 짝이 없네!"

그는 다시 성큼성큼 걸음을 옮겼다. 그렇게 어슬렁거리다가 다다른 복도 끝의 창문은 가장자리가 빨갛고 노란 유리조각으로 장식돼 있었다.

"뭐야, 아직도 놀랄 게 남은 거야!"

그는 으르렁거리며 왼쪽으로 돌아 노크도 없이 거칠게 문 –그의 예전 침실 문- 을 열었다. 침대 쪽에서 외마디 비명이 터져 나왔다. 이제 막 아침식사를 끝낸 에드메였다.

셰리는 방문을 닫고서 침대에서 멀찌감치 떨어져 젊은 아내를 물끄러미 바라보았다. 그녀는 미소 지으며 인사했다.

"잘 잤어? 날 보고서 굉장히 놀라는 것 같네!"

정원을 뒤덮은 하얀 눈의 반사광이 푸르고 고른 빛으로 그녀를 밝혔다. 풀어 헤친 곱슬곱슬한 회갈색 머리칼이 둥글고 우아한 어깨를 완전히 가리지 못했다. 잠옷 색과 같은 장밋빛으로 물든 하얀 두 뺨과 피로로 핏기가 가신 분홍색 입술. 그 모든 것이 그녀를 아득하게 느껴지는 미완성의 그림 같아 보이게 했다. 그녀는 재촉했다.

"넌 인사 안 해, 프레드?"

그는 아내 곁에 앉아 그녀를 품에 안았다. 그녀는 고개를 천천히 뒤로 젖히며 그를 끌어당겼다. 그는 그녀를 안은 채로 침대에 한쪽 팔꿈치를 괴었다. 그녀를 가까이에서 관찰하기 위해서였다. 피로로도 시들지 않는 싱싱한 피조물을. 탱탱하게 부풀어 오른 아랫눈꺼풀은 아무것도 하지 않아도 그 자체만으로 그를 탄복시켰다. 하얗게 빛나는 부드러운 두 볼도 마찬가지였다. 그는 불쑥 물었다.

"몇 살이야?"

에드메는 살며시 감았던 눈을 다시 떴다. 엷은 미소가 드러내는 작고 반듯한 치아와 갈색 동공이 그의 눈에 들어왔다.

"음, 가만… 1월 5일에 열아홉 살이 돼, 이제 기억하도록 해!…"

그는 돌연 아내를 안았던 한 팔을 빼내었고 그 바람에 젊은 여인은 스카프가 풀리듯 침대로 풀썩 미끄러졌다.

"열아홉이라니, 경이로워! 난 스물다섯인데, 알아?"

"알지, 그럼, 프레드…."

그는 침대 머리맡 협탁에서 금색 자개 거울을 집어 들어 자신의 얼굴을 살폈다.

"스물다섯 살!"

스물다섯 살, 저항할 수 없을 듯한 하얀 대리석 같은 얼굴. 스물다섯 살, 눈의 바깥 모서리에서부터 눈 밑까지 고대 그림처럼 눈꺼풀을 따라 섬세하게 나 있는 두 개의 선, 오직 환한 빛에서만 보이는 매우 강력하고도 경쾌한 손길로 만들어진 두 개의 절개선… 그는 거울을 내려놓고서 에드메에게 말했다.

"네가 나보다 어려, 충격적이야."

"난 아닌데!"

그녀는 신랄한 어투로 암시를 가득 담아 대답했다. 그는 전혀 개의치 않으며 정색하고 질문했다.

"내 눈이 왜 아름다운지 알아?"

"아니, 혹시 내가 사랑해서?"

셰리는 어깨를 추어올리며 말했다.

"시적이네. 넙치 같아서야."

"넙… 치….”

"넙치 같아서.”

그는 증명하기 위해 그녀 곁에 바짝 다가앉았다.

"이거 봐, 여기, 이 코 옆 모서리, 여기가 넙치 머리야. 곡선을 따라 위로 올라가면, 여기가 넙치 등이고. 이 밑은 선이 좀 더 완만하잖아, 이게 넙치 배야. 그 다음에 여기 관자놀이까지 눈이 가늘게 이어지는 곳, 여기가 넙치 꼬리지."

"아?"

"그래, 만일 내 눈이 가자미 같았어봐, 무슨 말이냐면 아래위로 넓게 벌어졌어보라고. 바보 같아 보였을 거야. 이제 알겠지? 넌 대학입학자격시험 합격자니까 알 거야, 그렇지?"

"아니, 몰라….."

그녀는 입을 다물었다. 할 말을 잃었다. 그가 일종의 과대망상증 환자처럼 거드름을 피우며 과장되게 떠벌렸기 때문이다. 그녀는 생각했다.

'가끔씩 야만인 같을 때가 있단 말이야. 정글에서 튀어나온 것 같다고 할까? 하지만 동식물에 대해 아는 게 없잖아. 때론 인간에 대해서도 아는 게 없어 보이긴 해….'

셰리는 에드메 곁에 앉아 한 팔로 그녀의 어깨를 감싸고는 자유로운 다른 한 손으로는 그녀의 목에 걸려있는, 대단히 아름답고 대단히 둥글고 균일한 작은 진주 목걸이를 만지작거렸다. 셰리가 과하게 사용하는 향수 냄새가 그녀의 코로 들어와 그녀를 후끈한 방안의 장미처럼 말랑하고 혼미하게 만들었다.

"프레드… 이리 와서 자자…. 우리 고단하잖아…."

그는 듣고 있는 것 같지 않았다. 고집스럽고 불안한 눈빛으로 진주목걸이를 뚫어져라 바라볼 뿐이었다.

"프레드…."

그는 부르르 진저리를 치더니 잠옷을 광포하게 벗어던졌다. 다음 순간, 전라의 몸을 침대로 던지며 가냘픈 쇄골이 볼록 솟은 젊은 여인의 어깨를 머리로 파고들었다. 에드메는 온몸으로 복종했고 허리를 옆으로 틀며 양팔을 벌렸다. 셰리는 두 눈을 감으며 그대로 몸이 굳었다. 온 신경과 감각이 깨어난 그녀는 무게에 눌려 가늘게 헐떡거리면서 그가 잠들었다고 믿었다. 잠시 뒤 그는 마치 잠결에 신음을 흘리며 뒤척이기라도 하듯, 등을 홱 돌려 이불과 함께 침대 끝까지 굴러갔다.

'버릇인가 보네', 에드메는 결론지었다.

그녀는 창이 네 개인 정사각형 침실에서 겨울 내내 깨어있는 듯한 기분이었다. 궂은 날씨 탓에 앙리 마르탱 대로의 새 집 공사 완공이 지연되고 있었다. 셰리의 변덕 또한 한몫했는데, 검정색 욕실이나 중국식 거실을 원한다든지 지하에 수영장과 운동실 설치를 요청하는 식이었다. 그는 건축가의 반발에 이렇게 대꾸했다. "상관없어요, 돈 내는 사람은 나니까 시키는 대로 해줬으면 해요. 돈은 얼마가 들어도 좋으니." 하지만 더러 '플루 주니어를 벗겨 먹진 못한다'고 소리 높이며, 견적 가격을 호되게 후려쳤다. 사실 그는 석면 슬레이트며 색색깔 회반죽 등의 도급금을 뜻밖의 수완으로 협상했고, 기업가 정신이 요구되는 정확한 숫자 기억력을 지녔다.

셰리가 젊은 아내의 의견을 구하는 경우는 극히 드물었다. 그는 아내에 대한 자신의 권위를 과시하고, 필요하면 짧은 명령으로 자신의 망설임을 위장했다. 에드메는 그가 선천적으로 색채 감각을 타고난 반면에 아름다운 형태와 특징적인 스타일에는 관심 없다는 것을 알아차렸다.

"넌 너무 많은 것들을 신경 써, 자잘한 것들에… 응, 에드메? 흡연실을 어떻게 할 거냐고? 간단해, 벽은 파란색, 아무것도 두렵지 않을 파란색이야. 카펫은 보라색, 파란 벽과 대비되어 눈에 띄는 보라색으로. 이제 그 안에 가구며 장식품들은 검정색이든 황금색이든 걱정 없이 넣을 수 있지."

"그래, 네 말이 맞아, 프레드. 그런데 난 그 아름다운 색들이 좀 강렬한 것 같아. 그렇게 하면 우아하고 환한 분위기는 나지 않을 거야. 하얀 꽃병이나 석상도…"

그는 싸늘하게 가로막았다.

"아니, 하얀 꽃병은 내가 알몸으로 하면 돼. 그땐 쿠션이든 뭐든, 다른 아무 빨간 호박이라도 잊지 말라고. 내가 흡연실을 홀딱 벗고서 돌아다닐 때를 대비해서."

은밀히 반발한 동시에 매혹당한 그녀는 일종의 음탕한 왕궁이자 셰리의 영광의 신전으로 탈바꿈된 그들의 미래의 거처를 상상하며 그 모습을 곱씹었다. 그녀는 남편에게 맞서지 않았다. 대신 마리로의 선물인 아주 작고 값비싼 가구를 들일 '하얀 벽의 작은 공간'을 부드럽게 간청했다.

그녀는 매우 왕성할뿐더러 이미 능숙하게 실현해왔던 의지를 감추고서 발휘한 그 부드러움 덕분에 시어머니 집에서 넉 달 동안 기거할 수 있었고, 그 넉 달 동안 평온과 여전히 위축된 즐거움과 교섭력을 위협하는 일상적인 덫을, 지속적인 매복의 눈길을 피할 수 있었다. 그토록 연약한 희생자를 지척에 둔 것에 흥분한 샤를로트 플루는 제정신을 잃고서 화살을 낭비하는가 하면 닥치는 대로 물어뜯었다.

셰리는 간간이 퍼부었다.

"고정하시죠, 플루 여사. 제가 이쯤에서 말리지 않으면 내년 겨울엔 누굴 잡아 먹으시려고?"

에드메는 두려움과 감사가 뒤섞여 흔들리는 시선을 들어 남편을 바라보며 너무 많이 생각하지 않으려고, 플루 부인을 너무 많이 쳐다보지 않으려고 애썼다. 어느 밤, 샤를로트는 국화꽃 너머로 무심결에 에드메 대신 레아의 이름을 세 차례나 입에 올렸다. 셰리의 눈썹이 사악하게 내려갔다.

"플루 여사, 아무래도 기억력에 문제가 생긴 것 같아. 격리치료가 필요하지 않을까요?"

샤를로트 플루는 일주일 동안 침묵했다. 에드메는 남편에게 감히 질문을 쏟아내지 못했다. '나 때문에 화났어? 날 변호해준 거야? 나보다는 다른 여자를 위한 게 아니고?'

그녀는 유년기와 청소년기를 통해 인내와 희망과 침묵을 배웠고, 죄수들의 무기와 힘을 능숙하게 다루는 법을 익혔다. 마리로는 절대 딸을 꾸짖는 법이 없었다. 다만 벌주는 것으로 그쳤다. 모친의 입에선 모진 말도, 다정한 말도 절대 나오지 않았다. 고독, 이어서 기숙사, 이어서 방학 때마다 다시 고독, 잘 꾸민 방에서 당하는 빈번한 유배. 그리고 마침내 결혼의 위협. 아무 결혼이나 할 위협. 지나치게 아름다운 모친이 딸한테서 다른 아름다움의 시초, 보다 심금을 울리는 억압당하는 이들의 그것 같은 조심스런 아름다움의 시초를 식별해낸 순간부터였다…. 그러니 고결하고 무정한 모친에 비하면 샤를로트 플루의 솔직한 심술쯤은 달콤할 따름이었다….

어느 밤, 셰리는 물었다.

"존경스런 우리 엄마 어때, 무서워?"

에드메는 방긋 웃으며 태평하게 입을 삐죽였다.

"무섭냐고? 아니. 문이 쾅 닫히면 움찔 놀라지만 무섭진 않잖아. 발밑을 스윽 지나가는 뱀은 무섭겠지…."

"지독한 뱀이지, 가령 마리로. 그렇지?"

"지독하지."

그는 쏟아지지 않는 고백을 기다리다가 아내의 가녀린 어깨를 친구처럼 한 팔로 감쌌다.

"뭔가 고아 같다, 우리 둘 다. 안 그래?"

"그래, 우린 고아야! 우린 아주 착해!"

그녀는 그에게 몸을 밀착했다. 그들은 거실에 단 둘이었고, 플루부인은 셰리의 표현에 의하면, 위층에서 이튿날을 위한 독을 제조하고 있었다. 여전히 차가운 창밖의 밤에 호수인양 가구와 전등들이 비쳤다. 에드메는 이 낯선 남자의 품에 기대어 온기와 보호받는 기분을 느꼈다. 그녀는 고개를 들다가 깜짝 놀라 비명을 내질렀다. 그가 천장의 샹들리에를 향해 절망 어린 수려한 얼굴을 젖히고 있었기 때문이다. 감은 두 눈의 속눈썹 사이로 참고 있는 눈물이 반짝거렸다.

"셰리, 셰리! 왜 그래?"

그녀로서는 절대 입 밖에 내고 싶지 않았던 이 낯간지러운 이름이 무심결에 새나왔다. 그는 혼란스러운 채로 아내의 부름에 따랐다. 그의 눈길이 그녀에게 돌아왔다.

"셰리! 맙소사, 얼마나 무섭던지…. 무슨 일이야…?"

그는 그녀에게서 조금 떨어지며 양팔로 그녀를 안아 자신과 마주보게 했다.

"오! 오! 이 아기···. 아이처럼 왜 그래, 대체 뭐가 무서워서?"

그는 그녀에게 벨벳 같은 눈길을 보냈다. 그의 크게 뜬 눈이 눈물로 인해 더욱 아름답고 평온하며 불가해했다. 에드메는 아무 말도 하지 말라고 애원할 참이었으나 그는 이미 말하기 시작했다.

"우리도 참 어리석기는!··· 어떻게 고아라는 생각을··· 바보 같아. 그러면서도 시리도록 사실이지···."

그는 평소의 우스꽝스러우리만치 진지한 표정을 되찾았다. 그녀는 그가 이 이상 더 말하지 않으리라 확신하며 안도의 한숨을 내쉬었다. 그는 방사형 촛대의 초들을 조심스럽게 끄기 시작하면서 에드메를 돌아보았다. 매우 순진하거나, 혹은 매우 교활하게 느껴지는 오만한 얼굴로.

"이봐, 나라고 왜 심장이 없겠냐고?"

"뭐하는 거야?"

나지막하게 물었음에도, 실제로 밀침이라도 당한 양 무릎이 꺾일 정도로 셰리의 목소리는 에드메에게 적중했다. 서랍이 활짝 열린 책상 옆에 선 그녀는 어지럽게 흩어진 종이들을 두 손으로 가렸다.

"정리하고 있었어."

그녀는 맥없이 대답했다. 들어 올린 그녀의 한 손이 마비라도 된 듯 허공에서 멈췄다. 그녀는 각성한 듯 거짓말을 중단했다.

"사실은 프레드…. 우리 이사 얘기하던 중에 네가 가져갈 물건들을 챙기는 게 끔찍하다고 했었잖아. 이 방, 이 가구들… 내가 좋은 마음으로 정리하고 분류하고 싶었거든…. 그랬는데 문득 위험한 생각에 휩싸였어. 유혹, 그러니까 나쁜 생각을 물리치지 못했…. 사과할게. 내가 내 것이 아닌 것들에 손을 댔어."

그녀는 떨면서 용감하게 내뱉고는 기다렸다. 그는 두 주먹을 꽉 쥐고 이마를 수그린 위협적인 자세였다. 그의 시선이 어찌나 흐릿했던지 그녀는 그때 이후로 창백한 눈을 가진 남자와의 대화에 대한 기억을 간직하게 되었다.

마침내 그는 입을 열었다.

"아! 그래. 찾는 게…. 찾는 게 연애편지였구나."

그녀는 부인하지 못했다.

"내 연애편지를 찾고 있었어!"

그는 웃음을 터뜨렸다. 어색하고 부자연스러운 웃음. 에드메는 얼굴을 붉혔고 상처 받았다.

"네 눈엔 내가 당연히 바보 같아 보이겠지. 넌 그것들을 안전한 곳에 보관하거나 불태워버렸을 남자니까. 더구나 나완 상관없는 일인데. 이런 꼴을 당해 마땅해. 그래도 너무 오래 날 원망하진 않을 거지, 프레드?"

그녀는 애써 빌면서 작정하고 예쁜 표정을 지었다. 다시 말해 입술을 내밀고, 구불거리는 머리칼의 그늘로 이마를 가렸다. 하지만 셰리는 태도를 바꾸지 않았다. 그녀는 그의 균일한 아름다운 낯빛이 하얀 겨울 장미처럼 투명해지고 달걀 모양의 두 볼이 홀쭉해진 것을 처음으로 알아차렸다.

그는 되뇌었다.

"연애편지라…. 지치네."

그는 걸음을 옮겨 서류 뭉치를 한 움큼 집어 들더니 한 장 한 장 확인하며 떨어뜨렸다. 우편엽서, 식당 영수증, 납품업체들의 물품인도서, 하룻밤 만난 여자들의 전보, 식객 친구들의 속달우편, 세 줄이나 다섯 줄짜리 메모들, 좁다란 종이에 휘갈긴 플루 부인의 각지고 날카로운 서체…

셰리는 아내를 돌아보았다.

"연애편지 따위는 없어."

그녀는 항의했다.

"아! 어째서 넌…"

그는 아내의 말을 가로막았다.

"없다고. 넌 이해할 수 없을 거야. 나도 깨닫지 못했거든. 내게 연애편지 따위가 있을 리 없지, 왜냐하면…"

그는 말을 멈추었다.

"아! 잠깐, 잠깐. 생각해보니 한 번 받았네. 내가 라부르불에 가지 않겠다고 한 적이 있어, 그랬더니… 잠깐, 잠깐…"

그는 서랍들을 뒤지다가 카펫에 흩어진 서류뭉치에 맹렬히 달려들었다.

"미치겠네! 내가 어쨌더라? 분명 왼쪽 맨 위 서랍에 두었는데…. 가만…"

그는 빈 서랍들을 거칠게 닫고는 험한 눈빛으로 에드메를 노려보았다.

"넌 아무것도 찾아낸 게 없어? 혹시 이렇게 시작하는 편지를 갖고 있지 않아? '그럴리가, 난 심심할 겨를이 없어. 한 달에 늘 여드레 정도는 떨어져있는 것도 좋겠어.' 그 다음에 뭐더라, 창문을 타고 올라가는 인동덩굴 얘기가 나왔는데…"

그는 기억이 흐릿했기에 아무 말도 나오지 않자 초조한 손짓 몸짓을 했다. 남편 앞에서 보잘 것 없어지고 몸이 뻣뻣하게 굳은 에드메는 무너지지 않았다. 그녀는 건조한 분노를 담아 강조했다.

"아니, 아니, 난 아무것도 갖고 있지 않아. 내가 언제부터 무언가를 가질 수 있는 사람이 된 거지? 넌 그토록 소중한 편지를 그렇게 아무렇게나 굴린 거야? 물론 그 편지가 레아의 편지라는 건 물어볼 필요도 없겠지!"

그는 보일 듯 말 듯 몸을 떨었다. 그녀가 기대했던 반응은 아니었다. 굳어버린 그의 아름다운 얼굴에 절반의 미소가 감돌았다. 옆으로 살짝 기울인 고개, 주의 깊은 시선, 느슨해진 입술의 감미로운 아치, 아마도 방금 나온 이름의 여운에 귀 기울이고 있는 듯했다… 사랑에 빠진 청춘의 통제되지 않은 모든 힘이 비명과, 눈물과, 비틀린 손 혹은 할퀴기 위해 벌린 손의 형태로 터져 나왔다.

"나가! 꼴도 보기 싫어! 넌 날 결코 사랑한 적이 없어! 넌 내가 존재하지 않는 것처럼 나에 대해 아무 신경도 쓰지 않아! 넌 날 상처주고, 모욕했어, 넌 추잡해, 넌… 넌… 넌 오직 그 늙은 여자 생각뿐이야! 취향이 아주 병적이고, 퇴행적이고, 또, 또… 넌 날 사랑하지 않아! 그러고 보니 대체 넌 왜, 왜 나랑 결혼한 거니? 넌… 넌…"

그녀는 목을 붙들린 짐승처럼 고개를 뒤흔들었다. 그녀가 숨막혀 하며 호흡하기 위해 목을 뒤로 젖히자 작고 균일한 진주 목걸이 알들의 우윳빛 광채가 도드라졌다. 셰리는 물결치는 매력적인 목과 그 주변에서 뒤엉키는 손들의 어지러운 동작을 혼란스레 응시했다. 무엇보다 그 눈물, 그 눈물을… 이제껏 그토록 많은 눈물을 본 적 없었다. 누가 그로 인해 그의 눈앞에서 저토록 울었던가? 아무도 없어…. 플루 부인? 그는 생각했다. '플루 부인의 눈물은 해당사항 없지…' 레아?… 천만에. 그는 가장 깊숙한 곳에 숨겨진 기억을 헤집었다. 그 푸르고 진실한 눈은 오직 기쁨, 장난, 다소 놀리는 듯한 부드러움에 의해서만 반짝거렸다. 그의 눈앞에서 몸부림치는 이 젊은 여인의 눈물은 그칠 줄 몰랐다! 저 많은 눈물을 어찌할까? 그는 알지 못했다. 아무튼 그는 팔을 뻗었다. 에드메는 폭력을 우려한 듯 움찔 뒤로 물러났고 이에 그는 향수가 밴 부드럽고 아름다운 손을 그녀의 머리에 가만히 얹었다. 그러고는 혼돈에 빠져 어쩔 줄 모르는 그녀의 머리를 토닥이며 그가 효능을 익히 아는 어투와 말을 흉내 냈다.

"자… 자… 그만… 왜 그래…. 무슨 일이야…. 자, 그만…."

돌연 에드메는 무너져 내렸다. 그녀는 의자로 풀썩 떨어지며 온몸을 웅크리고는 열성적으로 울기 시작했다. 전신을 들썩이는 키들거림이나 단속적인 웃음과 흡사하리만치 맹렬하게. 그녀의 우아한 몸이 휘더니 슬픔과 사랑의 질투와 분노와 자각하지 못한 굴종으로, 그러면서도 한창 투쟁 중인 투사처럼, 파도 한가운데에서 헤엄치는 사람처럼 위로 솟아오르는가 하면 들썩거렸다. 그녀는 새롭고 자연적이고 씁쓸한 물질 속에 푹 잠긴 기분이었다.

에드메는 한참을 오열했고, 그렇게 한바탕 들썩거리고 부들거리면서 딸꾹질을 하다가 폭풍이 휘몰아친 뒤 소강상태를 맞이하듯 서서히 안정을 되찾았다. 셰리는 그녀 곁에 앉아 계속해서 그녀의 머리를 쓰다듬었다. 그도 나름대로 쓰라린 감정의 순간을 지나보내고서 지루해하고 있었다. 그는 에드메를 시선으로 훑으며 소파를 곁눈질했다. 드레스는 쳐들리고 스카프는 풀린 채 누워있는 그녀의 몸이 가뜩이나 무질서한 방 상태를 악화시키는 것이 마뜩찮았다.

권태의 한숨. 극히 작은 소리였음에도 그 소리를 들어버린 에드메는 몸을 일으키며 말했다.

"그래, 나 때문에 지쳤겠네…. 아! 이제 그만…"

폭포수같이 쏟아질 말들이 두려웠던 셰리는 황급히 저지했다.

"그런 게 아냐. 하지만 네가 뭘 원하는지 모르겠어."

"어떻게 내가 원하는 걸… 어떻게 내가 원하는 걸…"

에드메는 눈물로 벌겋게 부어오른 얼굴을 내밀었다.

"내 말 잘 들어봐."

그는 그녀의 두 손을 잡았다. 그녀는 빼내려고 했다.

"싫어, 싫어, 그 목소리라면 잘 알아! 내게 또 딴 세상 논리를 갖다 붙이려는 거겠지! 네가 그 목소리랑 얼굴을 하면 어떤 얘기가 나올지 잘 안다고, 네 눈이 노랑촉수 같고 입술은 가로로 누운 3자 형태라는 걸 증명하려는 거잖아! 싫어, 싫어, 듣지 않을 거야!"

그녀는 유치한 비난을 쏟아냈다. 셰리는 그들 둘 다 매우 어리다는 것을 자각했고 일순 편안해졌다. 그는 붙들고 있는 따뜻한 두 손을 흔들며 말했다.

"아니, 내 말 좀 들어봐! 젠장, 난 도대체 네가 왜 날 비난하는지 알고 싶었을 뿐이라고. 내가 널 두고 혼자만 외출해? 아니잖아! 내가 낮에 널 자주 혼자 놔둬? 아니면 나한테 비밀편지가 있길 해?"

"몰라…. 그렇진 않겠지…."

그는 그녀를 붙든 채로 인형처럼 이리저리 돌렸다.

"우리가 각방을 쓰길 해? 아니면 내가 사랑을 잘 못해?"

그녀는 주저하다가 희미한 의혹의 미소를 흘리며 말했다.

"넌 그걸 사랑이라고 부르는구나, 프레드…"

"다른 단어도 있어, 하지만 네가 탐탁찮아 할 거야."

"네가 사랑이라고 부르는 그 행위… 혹시 실은 일… 일종의… 알리바이에 불과한 건 아닐까?"

그녀는 서둘러 덧붙였다.

"그냥 일반적인 얘기를 한 거야, 프레드, 알잖아…. **혹시나 해서, 간혹 있는 일이라…**"

그는 에드메의 손을 놓고서 차갑게 말했다.

"그런 걸 바로 실수라고 하는 거야."

그녀는 힘없이 물었다.

"왜?"

그는 턱을 쳐들고서 몇 발짝 물러나며 휘파람을 불었다. 그러고는 다시 아내에게 다가가 낯선 여자처럼 톺아보았다. 무서운 야수는 위협하기 위해 덤벼들 필요조차 없는 법이다. 에드메는 그의 팽창한 콧구멍과 하얀 김이 올라오는 코끝을 보았다.

"휴!…"

그는 아내를 바라보며 한숨을 내쉬고는 어깨를 추어올리더니 등을 돌려 방 끝까지 갔다가 다시 돌아왔다. 그는 재차 한숨을 내쉬었다.

"휴!… 그걸 말이라고."

"뭐가?"

"그걸 말이라고, 대체 무슨 얘기가 하고 싶어서? 어떻게 감히 그런 말을, 믿기지 않아…."

그녀는 격노하여 벌떡 일어나 고함쳤다.

"프레드, 나한테 두 번 다시 그런 어투로 말하지 마! 대체 날 뭘로 보는 거야?"

"실수를 저지른 여자한테 그걸 지적하는 영광도 갖지 말라고?"

그는 그녀의 어깨를 굳은 검지로 건드렸다. 그녀는 그 자리에 심한 상처를 입은 듯 괴로워했다.

"대학입학자격시험 합격자인 넌 알겠지, 어딘가에 이런 말이 있잖아, '칼에 손대지 마시오', 칼인가 단도인가, 뭐더라?"

그녀는 반사적으로 대답했다.

"도끼."

"그래, 그거. 잘 들어, 이 여자야, 도끼에 손대지 말아야 한다고[22]. 그 말의 뜻은 남자한테 상처주지 말라는 거야…. 굳이 표현하자면 몸을 허락한 남자한테. 넌 내 호의에 상처를 입혔어…. 너한테 몸을 허락한 내게 상처를 입혔다고."

그녀는 더듬거렸다.

"마치… 마치 애첩이라도 된 듯한 말투구나!"

---

22 오노레 드 발자크의 『인간희극』 연작 중 하나인 「랑제 공작부인」의 첫 출간 당시 제목인 「도끼에 손대지 마시오」를 암시한다. 왕정복고시대를 배경으로 펼쳐지는 비극적이고 열정적이며 비틀린 사랑을 그렸다. "도끼에 손대지 마시오"는 영국의 찰스 1세가 도끼로 처형당할 때 사형수가 던진 경고로, 「랑제 공작부인」의 주인공인 몽트리보 장군이 랑제 부인에게 농락당했다는 것을 뒤늦게 깨닫고서, 부인의 목을 바라보며 경고성으로 인용하여 던진 말이다. 그는 이 말로 자신의 분노와 복수 의지를 암시했으나 결국 포기한다.

그녀는 얼굴을 붉혔고 힘과 냉정을 잃었다. 그녀는 하얗게 질린 채로, 꼿꼿이 쳐든 얼굴과 단단히 버티고 선 두 다리와 불손한 양 어깨와 두 팔에 모든 비밀을 간직한 사람의 우월감을 의식한 채로, 그를 증오했다.

굳은 검지가 또 다시 에드메의 어깨를 휘게 했다.

"미안합니다, 대단히 미안해요. 매춘부 같은 생각은 외려 그쪽이 하고 있다는 걸 알려드려야 하니 말이죠. 너무 놀라진 마요. 그런 평가라면 이 플루 주니어를 또 못 당하죠. 그쪽 표현인 '애첩'이라면 내가 좀 알거든요. 네, 좀 압니다. '애첩'이란 대체로 자신이 준 것보다 더 많은 걸 받기 위해 술수를 쓰는 여인을 일컫죠, 알아들어요?"

에드메는 무엇보다 그가 더는 반말을 사용하지 않는다는 것을 알아들었다.

"열아홉 살에 뽀얗게 빛나는 피부, 바닐라 향을 풍기는 머리칼, 침대에선 두 눈을 꼭 감고서 두 팔을 간들거리는 여자. 네, 그 모든 게 무척 예뻐요. 대단한 장점이죠. 그런데 그런 여자가 과연 드물까요? 정말 그런 여자가 드물 거라고 생각해요?"

그녀는 단어 하나하나에 진저리를 쳤다. 그녀에게 꽂히는 비수 하나하나가 암컷과 수컷의 결투를 위해 그녀를 각성시켰다. 그녀는 단호하게 받아쳤다.

"드물 수도 있지. 그런데 넌 어떻게 그런 걸 알지?"

그는 대답하지 않았다. 그녀는 서둘러 우위를 선점했다.

"이탈리아에서 너보다 더 잘생긴 남자들을 봤어. 길거리에 넘쳐나더라. 내 열아홉은 넘쳐나는 다른 열아홉과 같겠지, 잘생긴 남자도 또 다른 잘생긴 남자들과 같을 거고, 그렇게 다 흔하고 넘쳐나겠지, 잘됐네, 해결됐어…. 지금 시대에 결혼 따위 아무것도 아니잖아, 이런 우스운 다툼들로 서로 기분 상하고 격해지느니 차라리…"

그는 거의 자비로운 표정으로 고개를 주억거리는 것으로 그녀의 말문을 닫았다.

"오! 이 딱한 철부지… 문제가 그리 간단하지 않아요…."

"왜? 돈만 주면 빠른 이혼은 얼마든지 가능해."

그녀는 기숙사에서 도망친 학생의 단호한 표정으로 말했다. 그 모습이 딱해 보였다. 이마 위로 올라간 머리칼과 얼굴을 감싸는 부드러운 뺨의 윤곽이 불안하고 똑똑해 보이는 두 눈동자를 더욱 짙게 만들었다. 불행한 여인의 눈, 확정적이고 결연한 눈이 망설이는 얼굴 속에서 검게 빛났다.

셰리는 말했다.

"이혼은 아무 해결책이 되지 않을 거야."

"왜?"

"왜냐하면…"

그는 이마를 숙였다. 눈썹이 뾰족한 날개처럼 양 옆으로 들어 올려졌다. 그는 두 눈을 감았다가 마치 쓰디쓴 것을 삼키기라도 한 듯 다시 번쩍 떴다.

"네가 날 사랑하니까…."

그녀가 주목한 것은 오직 되돌아온 반말이었다. 무엇보다 목소리에, 풍부하고 다소 억눌린 최고의 순간의 목소리에 주목했다. 사실 그녀도 속으로 인정했다. '맞아, 난 이 사람을 사랑해. 지금으로선 치

113

료제가 없어.'

정원에서 저녁식사를 알리는 종소리가 울렸다. 플루 부인 이전 세대로 거슬러 올라가는 매우 작은 종이었다. 슬프고 청아한 시골 고아원의 종소리. 에드메는 진저리를 쳤다.

"아! 이 종소리 딱 질색이야…"

셰리는 무심하게 대꾸했다.

"그래?"

"우리 집에선 식사시간은 종소리 대신 말로 직접 알리자. 우리 집에선 이런 식의 기숙사 방식은 없을 거야. 두고 봐, 우리 집에선…"

그녀는 병원 초록색 복도로 뒤도 돌아보지 않고 나가며 말을 이었다. 그래서 등 뒤에 꽂힌, 그녀의 마지막 말에 주목하는 셰리의 야만적인 시선도, 말없이 머금는 절반의 미소도 보지 못했다.

그는 오직 공원과 정원의 흙이 발산하는 내음과 변덕스럽고 촉촉한 바람 속에서만 감각되는 은근한 봄에 고취되어 경쾌하게 걸었다. 간간이 맞닥뜨리는 거울이 그가 오른눈까지 눌러쓴 근사하게 어울리는 펠트 모자와, 품이 넉넉하고 가벼운 외투와, 밝은 색의 커다란 장갑과, 토기 빛깔 넥타이를 착용했다는 것을 상기시켰다. 여성들의 말없는 찬사가 그를 따라다녔다. 그중 순진한 여인들은 위장하거나 숨길 도리가 없는 일시적인 경탄을 그에게 바쳤다. 하지만 셰리는 절대로 길에서 여인들을 흘끔거리지 않았다. 그는 공사 중인 앙리마르탱 대로의 저택을 나선 참이었다. 실내 장식업자들에게 주인의 어투로 논쟁적인 지시사항을 전달하고 나오는 길이었다.

대로 끝에 다다른 그는 축축하고 세찬 서풍에 실려 오는 부아의 식물 향을 깊이 들이마시고는, 포르트 도핀을 향해 걸음을 재촉했다. 잠시 뒤 그는 뷔고 대로 아래쪽에 이르자 우뚝 멈춰 섰다. 그의 발길이 육 개월 만에 처음으로 익숙한 길로 들어섰다. 그는 외투의 단추를 풀었다.

'걸음이 너무 빠르군', 그는 의식하고는 속도를 늦추어 출발했다가 또 다시 멈춰 섰다. 그의 시선이 구체적인 어느 지점을 응시했다. 50미터 남짓 거리에서 모자도 쓰지 않고서 산양 가죽을 손에 쥔 관리인 에르네스트, 레아의 관리인 에르네스트가 레아의 저택 앞 철문의 구리 장식을 닦고 있었다. 셰리는 걸음을 옮기며 부르르 떨기 시작했다. 넌 절대 떨지 않잖아,라며 짐짓 스스로를 다독이는 자신의 목소리를 인식한 그는 입을 다물었다.

"잘 지냈어요, 에르네스트, 여전히 부지런하군요?"

관리인은 차분한 가운데 표정이 환해졌다.

"플루 씨! 오랜만에 뵙습니다. 하나도 안 변하셨네요."

"당신도요, 에르네스트. 부인은 잘 지내나요?"

그는 이층의 덧문이 잘 닫혔는지 살피느라 옆모습을 보이며 대답했다.

"그러실 겁니다, 플루 씨. 저희도 우편엽서 몇 장 받은 게 다거든요."

"어디서 왔는데요? 혹시 비아리츠?"

"글쎄요."

"부인은 어디 있나요?"

"그건 말씀드리기 곤란합니다. 저희도 사모님의 우편물을 - 세 번 정도 될까요 - 사모님의 회계사에게 전달하고 있는 형편이거든요."

셰리는 회유하는 표정으로 에르네스트를 바라보면서 지갑을 꺼내들었다.

"아! 플루 씨, 우리 사이에 돈을요? 설마 정말로 그럴 작정은 아니시겠죠? 천 프랑을 준들 아무것도 모르는 사람의 입을 열겠습니까? 혹시 사모님의 회계사 주소를 알고 싶으신지요?"

"아니, 됐습니다, 감사해요. 부인은 언제 돌아오죠?"

에르네스트는 두 팔을 벌렸다.

"그 또한 제 능력 밖의 질문이군요! 어쩌면 내일, 어쩌면 한 달 뒤… 전 보시다시피 한결같이 집을 관리할 뿐입니다. 사모님께서는 모든 게 가능해요. 언제든 준비하고 있어야 하죠. 당장 플루 씨께서 '저기 오네, 대로 모퉁이를 돌고 있군'이라고 하셔도 전 놀라지 않을 겁니다."

셰리는 몸을 돌려 대로 모퉁이를 바라보았다.

"더 필요한 건 없으신지요? 산책하다가 들르신 겁니까? 날이 정말 화창합니다…"

"아니, 없어요, 감사해요, 에르네스트. 잘 지내요."

"언제든 말씀만 하세요, 플루 씨."

셰리는 지팡이를 돌리며 빅토르 위고 광장까지 걸어 올라갔다. 도중에 두 번이나 돌부리에 채여 넘어질 뻔했지만, 누군가 자신의 뒷모습을 뚫어져라 쳐다본다고 믿는 사람들처럼 의연한 척했다. 그는 지하철의 난간에 이르러 팔꿈치를 괴고서 지하의 검은색과 분홍색 어둠 속으로 몸을 숙였다. 그대로 무너져 내릴 듯한 피로가 몰려왔다. 몸을 다시 일으키자 광장의 가스등에 불이 켜진 것이 보였다. 밤이 온 세상을 푸르스름하게 물들였다.

'아니지, 이게 말이 돼?… 내가 병이 났구나!'

그는 어두운 몽상의 밑바닥까지 내려갔다가 힘겹게 깨어났다. 필요한 다독임이 그를 지탱했다.

'자, 자, 정신 차리자…. 맙소사, 플루 주니어, 이 친구야, 이렇게 옆 길로 샐 거야? 이쯤이면 귀가할 시간이라는 생각이 안 들어?'

이 마지막 말이 한 시간이면 몰아내기에 충분한 이미지를 상기시켰다. 정사각형의 방, 널따란 셰리의 유년시절 침실, 창문 앞에 서있는 근심어린 표정의 젊은 여인, 아페리티프 마티니로 느슨해진 샤를로트 플루…

그는 소리 높여 환기했다.

"아! 안 돼…. 안 돼, 그건 이제 그만."

그가 지팡이를 들어 올리자 택시 한 대가 멈춰 섰다.

"식당으로… 음…. 드라공 블루 식당으로 갑시다."

셰리는 바이올린 소리를 배경으로 식당을 통과했다. 식당은 그가 활기차다고 여기는 조악한 전기 조명에 잠겨있었다. 지배인은 그를 알아보았고, 그는 지배인과 악수를 나누었다. 바로 앞에서 장신의 허약해 보이는 젊은 남자가 일어섰다. 셰리는 부드럽게 한숨을 내쉬었다.

"아! 데스몬드! 얼마나 보고 싶었는데! 마침 이렇게 만나다니!"

그들이 자리 잡은 테이블은 분홍색 카네이션으로 장식돼있었다. 옆 테이블에서 작은 손과 커다란 깃털 장식이 셰리를 향해 흔들거렸다.

데스몬드 자작은 귀띔했다.

"루피오트야."

셰리는 루피오트를 기억하지 못했으나, 커다란 깃털에게 미소를 보내며 자리에서 일어나지 않은 채 광고용 부채로 작은 손을 톡톡 건드렸다. 이어서 그는 더할 수 없이 근엄한 정복자의 표정으로 낯선 한 커플을 바라보았다. 셰리가 그들 가까이에 앉은 이후로 여자는 식사하는 것도 잊고 있었다.

"저 사람 말이야, 여자가 바람이라도 피운 것 같은 표정 아니야?"

그는 이 말을 소곤거리기 위해 친구의 귀 쪽으로 고개를 기울였다. 그의 눈빛에 어린 즐거움이 범람하는 눈물처럼 반짝였다.

데스몬드는 물었다.

"결혼하고 나서는 뭘 마셔? 카모마일 차?"

셰리는 대답했다.

"포므리 샴페인."

"포므리 전에는?"

"포므리라니까, 이전도 이후도!"

그는 콧구멍을 벌름거리며 기억 속을 킁킁거렸다. 레아가 오직 그만을 위해서 보관해두었던 1889년산 샴페인이 장미향을 풍기며 보글거렸더랬다….

그는 해방된 모자 디자이너라도 된 듯한 저녁 메뉴를 주문했다. 포르토 소스를 곁들인 사다리꼴 형태의 생선 테린, 새 구이, 안에 새콤한 빨간색 아이스크림이 든, 반죽이 모자처럼 부풀어 오른 수플레…

루피오트는 셰리를 향해 분홍 카네이션을 흔들며 외쳤다.

"헤이."

셰리는 자신의 술잔을 들어 올리며 화답했다.

"헤이."

벽에 걸린 영국 괘종시계 소리가 여덟 시를 알렸다.

셰리는 신음을 흘렸다.

"아! 이런. 데스몬드, 내 대신 전화 좀 넣어줘."

데스몬드의 생기 없는 시선이 새로운 정보를 기대했다.

"바그람 17-08번을 연결해달라고 해, 내 모친이 나올 거야. 우리가 함께 저녁 식사한다고 해주겠어?"

"만일 젊은 플루 부인이 전화를 받으면?"

"마찬가지야. 난 지극히 자유롭거든. 그렇게 길들였어."

그는 달관하고 근엄해 보이는데 한껏 몰두하느라 엄청나게 먹고 마셨다. 하지만 조금의 웃음소리나 유리잔 깨지는 소리, 불분명한 왈츠곡으로도 그의 흥은 고취되었다. 번쩍거리는 목재의 짙은 푸른색이 그에게 리비에라의 추억을, 극도로 푸른 바다가 정오에 녹아든 태양 주위로 짙어지는 시간들을 일깨웠다. 그는 으레 그렇듯 매우 잘생긴 냉담한 남자의 본분을 잊고서 맞은편의 갈색머리 여인에게 전신이 떨리는 유혹적인 눈길을 보내어 동요하게 했다.

"레아는?"

데스몬드는 불쑥 물었다. 셰리는 동요하지 않고서 레아를 소환했다.

"레아? 미디에 있을걸."

"레아와는 끝난 거야?"

셰리는 조끼의 겨드랑이 솔기에 엄지를 꽂았다.

"아! 당연하지, 그럴 수밖에 없잖아. 우린 아주 멋지게 헤어졌어. 서로에게 아주 좋은 친구로 남았지. 평생 갈 수 있는 사이가 아니었으니까. 정말이지 매력적이고 똑똑한 여자야… 하기는 너도 봤으니까 알잖아! 생각도, 품도 넓고… 정말 훌륭한 여자야. 고백컨대 친구, 내가 나이 문제만 아니었어도… 하지만 나이 문제가 있으니까, 아니 그게…"

데스몬드는 끼어들었다.

"당연해."

생기 없는 눈빛의 이 젊은 남자는 식객이라는 자신의 어렵고 궂은 직업을 깊이 이해하고 있는 바, 호기심을 물리치고서 자신의 경솔함을 자책했다. 하지만 얼근히 취기가 돈 셰리는 매우 조심스러워하면서도 레아에 대한 이야기를 멈추지 않았다. 그는 주입된 올바른 부부관에 사로잡혀 상식적인 소리들을 늘어놓았다. 결혼에 대해 허세를 떨면서 레아의 미덕을 인정했고, 젊은 아내의 순종적인 나긋나긋함을 찬양하면서 그 틈을 타서 레아의 단호한 성격을 비판할 기회를 놓치지 않았다. "아! 지독한 여자야, 단언컨대 자기 생각이 너무 확고하다니까!" 그의 속내 이야기는 더 깊이 들어갔고 급기야 레아는 냉혹하고 고집스런 여자가 되었다. 그는 계속해서 떠들면서 박해받은 연인의 고충을 암시하는 너절한 말들 뒤에 숨어, 위험 없이 레아에 대해 이야기하는 은밀한 행복을 누렸다. 그는 조금 더 레아의 평판을 해치면서 속으로는 고이 간직한 그녀와의 추억을 기렸다. 여섯 달 동안 불러보지 못했던 그 다정하고 쉬운 이름을 마음껏 발음하면서 레아의 모든 자애로운 모습을 떠올렸다. 그에게 몸을 기울이는 모습,

복구할 수 없는 아름답고 선명하고 굵은 두세 줄의 주름, 그녀는 그를 위해 물러났으나 - 맙소사! - 지독히도 존재했다….

밤 열한 시 무렵, 거의 비어있는 식당의 한기에 으슬으슬해진 그들은 일어나 떠날 채비를 했다. 그런데도 옆 테이블의 루피오트는 편지쓰기에 열중하면서 속달우편을 요청하고 있었다. 두 남자가 지나가자 그녀는 순한 양 같은 금발의 얼굴을 그들에게 들어 올렸다.

"헤이, 인사도 안 해?"

"안녕."

셰리는 마지못해 인사했다. 루피오트는 셰리를 향한 찬탄에 동석한 여자 친구를 끌어들였다.

"세상에, 믿어져? 저 얼굴에 돈도 많잖아! 세상엔 다 가진 남자들이 있다니까!"

하지만 셰리가 그녀에게 제공한 것은 오직 열린 담뱃갑뿐이었다. 이에 그녀는 신랄해졌다.

"다 가졌지, 매너만 빼고서…. 어서 엄마 집에나 가봐, 청년!…"

두 남자가 거리로 나섰을 때 셰리는 데스몬드에게 말했다.

"잠깐, 잠깐만, 데스몬드…. 이 인파에 부대끼느니 다들 빠져나가기를 잠시 기다리자고…."

부드럽고 촉촉한 밤이 산책객들의 발길을 늦추었다. 코마르탱 가를 지나 대로변에 이르자 또 다시 극장 입구에서 인파가 쏟아졌다. 셰리는 친구의 팔을 붙들었다.

"저 말이야, 데스몬드…. 가서 한 번만 더 전화하고 와."

데스몬드는 걸음을 멈추었다.

"또?"

"번호가 바그람…"

"17-08…"

"사랑해, 친구. 내가 네 집에 있는데 몸이 좋지 않다고 해. 지금 어디 머물고 있어?"

"모리스 호텔."

"좋네…. 내일 아침에 들어간다고, 네가 박하차도 끓여줄 거라고…. 어서, 친구. 자, 이걸 전화박스 안내원한테 줘, 네가 가져도 좋고…. 어서 다녀와. 웨버 카페 테라스에서 기다리고 있을게."

부리기 좋으면서도 거만한 장신의 젊은이는 호주머니에 슬그머니 지폐를 구겨 넣으며 출발했다. 그가 돌아왔을 때 셰리는 건드리지도 않은 오렌지주스를 멀거니 들여다보고 있었다. 거기에 자신의 운명이라도 쓰인 듯이.

"왔구나, 데스몬드!… 누가 받아?"

"여자가."

메신저는 간략하게 대답했다.

"어느 여자?"

"모르겠어."

"뭐라는데?"

"알겠어요,라고."

"어조가 어땠어?"

"내가 지금 말한 대로야."

"아! 알겠어. 고마워."

'에드메로군.' 셰리는 생각했다. 그들은 콩코르드 광장 쪽으로 걸었다. 셰리는 또 다시 데스몬드의 팔을 붙들었다. 그는 매우 무기력한 기분이었으나 이 사실을 감히 고백하지 못했다.

데스몬드는 물었다.

"어딜 가려고?"

셰리는 감사의 한숨을 내쉬었다.

"어디긴 어디야! 모리스 호텔이지, 친구. 어서 가자, 지쳐 쓰러질 것 같아."

데스몬드는 자신의 무심한 특성을 잊었다.

"뭐라고? 정말이야? 모리스로 간다고? 거기 가서 뭘 하려고? 농담이야, 뭐야? 대체 무슨…"

"자려고."

셰리는 대답하며 곧 쓰러질 것처럼 두 눈을 감았다가 다시 떴다.

"잠, 잠, 잠잔다고. 알겠어?"

친구의 팔을 붙든 그의 손에 힘이 들어갔다. 데스몬드는 체념했다.

"그래, 가자."

십 분 남짓 뒤, 그들은 모리스 호텔에 도착했다. 하늘색과 상아색이 어우러진 침실과 제국주의 스타일의 작은 거실이 오랜 친구처럼 셰리에게 미소를 건넸다. 그는 목욕을 하고서 너무 딱 맞는 데스몬드의 비단 셔츠를 빌려 입은 뒤 잠자리에 들었고, 두 개의 커다랗고 푹신한 베개에 머리를 괴고는 꿈도 꾸지 않고서 깊은 잠에 빠져들었다. 전방위로 그를 보호해주는 깜깜하고 두터운 잠에…

그가 하루하루 날수를 세는, 부끄러운 나날이 흘러갔다. '열엿새…
열이레… 석 주가 넘으면 뇌이로 돌아갈 거야.' 그는 돌아가지 않았
다. 이제 그는 자신이 더 이상 회복할 힘이 없는 상태라는 것을 명
확히 인지했다. 밤이나 더러는 아침에도 그는 몇 시간만 지나면 무
력감에서 벗어나리라고 스스로를 다독였다. '더 이상 힘이 없어? 안
될 말이지, 안될 말이야…. 아직 힘이 없는 것뿐이지, 곧 회복될 거
야. 두고 봐, 열두 시 정각까지는 뇌이 엥케르만 대로의 집 거실에 떡
하니 앉아있을 테니까. 한 시간, 두 시간…' 정작 열두 시 정각이 되
면 그는 호텔 욕실에 있거나, 옆에 데스몬드를 태우고서 차를 몰고
있는 식이었다.

식사 시간이면 결혼생활에 대해 낙관적이 되는 순간들이 열병처
럼 찾아들었다. 그는 독신자 식탁에 앉아 데스몬드의 맞은편에서 에
드메를 떠올리며, 경이롭도록 순종적인 젊은 아내의 모습을 은밀히
곱씹었다. '에드메는 너무 착해! 대체 이 정도까지 남편을 사랑하는

아내를 본 적이나 있냐고? 말대꾸 한 번, 불평 한 마디가 없잖아! 집에 돌아가면 예쁜 팔찌를 안겨줘야겠어…. 아! 정말 이래서 교육이 중요하다니까…. 마리로는 어린 여자애 교육을 대체 어떻게 시킨 걸까!' 하지만 다른 날, 모리스 호텔 식당에서 에드메의 드레스와 흡사한 친칠라 모피 깃의 초록색 드레스를 보기라도 할라치면 셰리의 얼굴에선 경미한 공포를 드러내는 온갖 표시가 나타났다.

데스몬드는 인생이 아름답다고 생각했고 몸에도 다소 살이 붙었다. 그가 오만함을 유지할 때는 셰리가 '악덕이 넘쳐나는 비범한 영국여자'나 '아편 궁전의 인도 왕자'한테 가자고 부추길 때뿐이었다. 그럴 때면 그는 간략한 말로 거절하거나 경멸을 숨기지 않으며 응낙했다. 데스몬드는 더 이상 셰리에 대해 아무것도 이해하지 못했으나, 셰리는 돈을 지불했고 그들 사이는 청소년 시절에 가장 좋았던 때보다도 더 좋았다. 어느 밤, 그들은 금발의 루피오트를 다시 만났다. 그녀의 '친구' 집에서였는데, 인상적이지 않은 이름의 여자라 그들은 늘 그 이름을 잊곤 했다.

"이름이 뭐더라…. 그 있잖아…. 루피오트 친구…."

'친구'는 코카인을 피우고, 제공했다. 그녀의 간소한 다락방은 새나오는 연기와 차게 식은 약물 냄새가 입구부터 진동했다. 그녀는 눈물 섞인 성심과 전혀 무해하지만은 않은, 끝도 없는 동정 유발로 사람들을 공략했다. 그녀의 집에서 데스몬드는 '절망한 어른아이' 취급을, 셰리는 '다 가졌으나 그로 인해 더욱 불행할 뿐인 미남' 취급을 받았다. 셰리는 단 한 번도 코카인을 피우지 않았다. 그는 강제 주사를 맞게 된 고양이의 혐오스런 표정으로 코카인 상자를 바라보면서, 벽에 기대어 놓은 낮은 쿠션에 등을 댄 채로 거의 밤새도록 매트 위에 앉아있었다. 그의 양옆으론 잠든 데스몬드와 줄곧 코카인을 피워대는 '친구'가 있었다. 그는 거의 밤새도록 얌전한 경계 태세를 풀지 않은 채 허기와 갈증을 달래주는 냄새를 흡입했고 완벽하게 행복해 보였다. 이따금 '친구'의 목을, 인조 진주목걸이가 번쩍거리는 붉고 우둘투둘한 목을 의문 어린 고통스러운 눈길로 뚫어져라 바라볼 때를 제외하고는.

어느 순간, 셰리는 손을 뻗쳐 '친구'의 목덜미를 덮은 헤나로 염색한 머리칼을 손끝으로 어루만지는가 싶더니 이어서 속이 빈 가볍고 굵직한 진주알들의 무게를 가늠하다가, 마치 해진 비단에 손톱이라도 걸린 듯 신경질적으로 손을 거두었다. 잠시 뒤 그는 일어나서 떠났다.

"아직도 이 클럽들에 안 질려? 넌 먹고 마시기만하지, 여자를 소비하지도 않잖아. 쾅쾅 문소리가 나는 이 호텔은 안 지겨워?"

데스몬드는 셰리에게 계속해서 물었다.

"밤에는 클럽에 가고, 낮엔 네 60마력 차에 실려 파리에서 루앙으로, 파리에서 콩피에뉴로, 파리에서 빌다브레로, 온통 북부로만 쏘다니는 게 지겹지도 않냐고… 남부는 어떨까, 리비에라 얘기 좀 해봐! 거긴 12월이나 1월이 좋은 계절은 아닐 거야, 3월이나 4월, 그쯤이…"

"아니."

"그럼?"

"다 안 좋아."

셰리는 마음에도 없이 온화한 척하며 예전에 레아가 일컫던 대로 '정통한 호사가의 얼굴'을 했다.

"그게, 친구… 네가 이 계절의 파리의 매력을 몰라서 그래…. 이… 이 모호함, 좀처럼 화창해지지 않는 이 봄, 이 은은한 햇빛…. 거기에 비하면 리비에라는 상투적이고 시시하지…. 맞아, 정말 그래, 난 여기가 좋아."

데스몬드는 시중꾼의 인내심을 잃을 뻔했다.

"그래, 그러다가 혹시 플루 주니어가 이혼할…"

셰리의 예민한 콧구멍이 하얘졌다.

"혹시나 네가 변호사와 모의라도 했다면 당장 포기하는 게 좋을 거야. 플루 주니어에게 이혼이란 있을 수 없으니까."

데스몬드는 상처 받은 표정을 지으려고 애쓰며 항의했다.

"이봐, 친구…. 넌 기회만 되면 죽마고우한테 이상한 방식으로 대답하는 버릇이 있어…."

셰리는 듣고 있지 않았다. 그는 홀쭉해진 턱과 수전노처럼 오므린 입술을 데스몬드에게서 돌렸다. 타인이 그의 재산에 대해 운운하는 것을 듣기란 이번이 처음이었다.

그는 곰곰 생각했다. 플루 주니어의 이혼? 이후 그는 낮밤으로 숱한 시간들을 그것에 대해 숙고했다. 그러니까 그 단어는 자유를, 일종의 잃어버린 유년시절을, 어쩌면 그보다 더 굉장한 것을 대표했다…. 하지만 데스몬드 자작의 고의적인 콧소리가 그에게 필요한 이

미지를 상기시키곤 했다. 모자와 기다란 베일 속에 가려진 단호한 표정으로 녜이의 집을 떠나는 에드메, 미지의 남자가 살고 있는 미지의 집으로 떠나는 에드메. '그래, 그럼 모든 게 해결되겠네.' 방랑자 셰리는 수긍했다. 하지만 다음 순간, 유난히 소심한 또 다른 셰리가 반발했다. '그건 할 짓이 아니지!' 이미지가 또렷해지면서 색을 입고 움직였다. 셰리는 철문의 이편에서 들려오는 허스키하고 운율적인 음성을 들었고, 철문의 저편에선 장갑을 끼지 않은 한 손을, 회색빛 진주를, 하얀 다이아몬드를 보았다….

"안녕히…."

작은 손이 말했다.

셰리는 의자를 밀어내며 벌떡 일어났다.

'내 거야, 죄다 내 거야! 아내도, 집도, 반지도 내 거라고!'

소리를 내어 말하진 않았으나 그의 얼굴에 나타난 야만적인 폭력성이 어찌나 생생했던지, 데스몬드는 번영의 종말이 도래했음을 직감했다. 셰리는 마음에도 없이 동정했다.

"불쌍한 녀석, 겁먹었구나, 짜샤? 아, 용맹무쌍한 옛 귀족이 왜 이러시나! 나가자, 내가 내 셔츠만큼 좋은 팬티 사줄게, 그 팬티만큼 좋은 셔츠도 사주고. 오늘이 17일이지, 데스몬드?"

"응, 그건 왜?"

"3월 17일. 명실상부 봄 아냐, 데스몬드, 남자든 여자든 멋진 사람들, 진정으로 우아한 사람들은 다음 계절 옷을 입기 위해 오래 못 기다리잖아?"

"조급해하지…."

"3월 17일이야, 데스몬드!… 나가자, 다 잘 될 거야. 내 아내한테 줄 묵직한 팔찌와 플루 여사한테 안길 커다란 파이프를 사러가자고, 너한테 줄 아주 아주 작은 핀도!"

셰리는 두세 차례 정도 레아가 곧 돌아올 것 같다거나 이미 돌아왔다는 강렬한 예감에 사로잡혔다. 2층의 열린 덧문으로 짧은 커튼의 분홍색 꽃무늬며 커다란 전면 커튼의 레이스며 거울의 금색 틀이 엿보였다. 4월 15일이 지났고, 레아는 돌아오지 않았다. 성가신 사건들이 셰리의 암울한 일상을 지워나갔다. 먼저 플루 부인의 방문이 있었다. 그레이하운드마냥 고분고분해져서 입을 꾹 다문 채로 눈알만 이리저리 굴리는 아들을 보면서 그녀는 삶이 끝난 기분이었다. 이어서 에드메의 편지. 그녀는 **별도의 결정이 내려질 때까지** 뇌이에 머물 것이며, 셰리를 위해 **라베르슈 남작부인의 더할 나위 없는 칭찬들**을 감당하겠노라는 내용의 평이하고도 놀라운 편지였다. 그는 자신을 비웃는 거라고 생각했으나 대답할 방도를 알지 못했고, 끝내 그 이해할 수 없는 편지를 버렸다. 그는 뇌이로 돌아가지 않을 터였다. 천지가 초록색이건만 여전히 쌀쌀한 4월이 지나감에 따라 오동나무꽃, 튤립, 히아신스, 금작화 송이들이 만발해지며 파리를 향기롭게 했다. 셰리는 홀로 금욕적인 어둠 속에 빠져있었다. 멸시받고 학대당하고 불만족스러웠으나 경제적으로 두둑해진 데스몬드는 한편으로는 친숙한 젊은 여인들과 무례한 젊은 남자들로부터 셰리를 보호하고,

다른 한편으로는 몽마르트르와 부아 근처의 식당들과 리브 고슈[23]의 카바레 사이를 전전하며 먹고 마시고 떠들썩거릴 패거리를 모집하는 임무를 수행했다.

어느 밤, 홀로 코카인을 피우던 '친구'는 악마 같은 눈썹이 관자놀이 위로 올라간 남자가 자신의 집에 들어서는 것을 보았다. 그녀는 루피오트에게 심각한 배신을 당해 훌쩍이고 있었다. 남자는 비밀스런 격정으로 말라붙은 자신의 아름다운 입술을 적실 '아주 차가운 냉수'를 요구했다. '친구'는 그에게 물이 놓인 칠기 쟁반과 파이프를 건네며 자신의 불행을 하소연했으나, 그는 손톱만큼의 관심도 보이지 않았다. 그는 오직 매트 위의 한 자리만을 받아들였고, 어둑한 곳에서 새벽이 밝아올 때까지 꼼짝도 하지 않은 채 침묵했다. 어쩌다 움직이더라도 행여 상처를 건드릴까 두려워하기라도 하듯 동작을 최소화했다. 날이 밝자 그는 '친구'에게 물었다. "오늘은 왜 진주목걸이를 하지 않았어? 있잖아, 그 알이 굵은 목걸이." 그러고는 정중히 떠났다.

셰리는 동행 없이 밤에 거니는 무의식적 습관이 생겼다. 빠르게 성큼성큼 걷는 발길이 뚜렷하지만 닿을 수 없는 목표를 향해 그를 이

---

23 파리 좌안, 즉 센 강 이남 지역으로 주로 예술가들, 지식인들, 대학생들이 밀집한 파리 5, 6, 7구가 포함돼있다.

끌었다. 그는 자정이 지나면 자신을 찾아내는 데스몬드를 피해 걸었고 새벽녘이면 호텔 침대로 돌아와 엎드린 채로 양팔을 굽혀 얼굴을 묻은 자세, 슬픔에 잠긴 어린아이의 자세로 잠들었다.

데스몬드는 안도하곤 했다.

"아! 됐네, 들어왔네, 짜식. 언제 무슨 짓을 할지 모르는 녀석이니…."

그런 식으로 어둠 속에서 두 눈을 부릅뜬 채로 걷던 어느 밤, 셰리는 뷔고 대로를 거슬러 올라갔다. 왜냐하면 그는 하루 온종일, 24시간 내내 그를 사로잡고서 놓아주지 않는 페티시즘에 지고 말았기 때문이다. 대문의 초인종을 세 번 건드리지 않고는 도저히 잠들 수 없는 편집광처럼 그는 철문을 어루만진 뒤, 초인종에 검지를 얹고는 장난스런 어조로 들릴 듯 말 듯 나지막하게 호출했다. "이봐!…" 그러고는 떠났다.

하지만 어느 밤, 그날 밤 그는 철문 앞에서 가슴을 때리는 커다란 불덩이에 목이 메었다. 건물 안뜰의 구형 전등이 어스름한 연보랏빛 달처럼 층계참 위로 반쯤 열린 관리실 문과 포석을 비추었다. 이층의 블라인드 덧창 사이로 새나오는 실내 불빛이 황금색 빗처럼 보였다. 셰리는 가장 가까운 나무에 등을 기댄 채 고개를 숙였다.

"이게 웬일입니까? 제가 보고 있는 게 맞는 거죠? 설마 꿈은 아니죠? 눈감았다 다시 뜨면 사라지는 건 아니겠죠?"

셰리는 에르네스트의 목소리에 고개를 들었다. 관리인 에르네스트가 복도에서 소리치고 있었다.

"검정색 커다란 트렁크는 내일 아침 아홉 시 경에 막셀과 함께 올려다드리겠습니다, 사모님!"

셰리는 황급히 고개를 돌린 뒤 부아 대로까지 달려가 눈에 띄는 벤치에 앉았다. 조금 전까지 바라보았던 구형 전등이 눈앞에서 춤을 추었다. 황금빛에 둘러싸인 짙은 보랏빛이 아직 무성하지 않은 나무숲의 새카만 어둠 속에서 일렁였다. 그는 한 손을 가슴에 대고서 깊은 숨을 내쉬었다. 까만 밤이 절반쯤 피어난 라일락 향기를 발산했다. 그는 모자를 벗어던지고 겉옷의 단추를 끄른 뒤, 벤치에 기대어 비스듬히 눕고는 다리를 뻗으며 펼친 두 손을 힘없이 늘어뜨렸다. 짓누르면서도 감미로운 어떤 무게감이 그를 덮쳤다. 그는 나직하게 중얼거렸다.

"아! 이게 행복인가?… 모르겠어…."

그는 담대하지 못한 부유한 젊은 남자의 가련한 삶에서 누리지 못했던 모든 것들에 대해 연민과 경멸을 품는 시간을 보내고 나서 잠시 동안, 혹은 한 시간 남짓 동안 생각하기를 멈추었다. 그런 뒤로는 세상에 더는 아무것도 바라지 않는다고, 심지어 레아의 집에 가는 것도 바라지 않는다고 믿게 되었다.

그는 한기로 몸을 떨었다. 새벽을 알리는 티티새들의 소리가 들려왔다. 그는 일어나 얼마간 비칠거리며 뛰고 대로를 돌아 모리스 호텔로 향했다. 도중에 기지개를 켜고서 숨을 깊이 들이마셨다 내쉬었다. 활짝 열린 가슴에서 보편적 관용이 흘러넘쳤다.

정화된 그는 한숨을 내쉬며 내뱉었다.

"이제부터, 이제부터…. 그래! 이제부터는 아내한테 정말로 다정해질 거야…."

아침 여덟 시에 일어나서 들뜬 채로 면도를 하고 신을 신은 셰리는 아직 자고 있는 데스몬드를 흔들어 깨웠다. 잠든 데스몬드는 섬뜩하리만치 납빛 안색이었고 익사체처럼 부어있었다.

"데스몬드! 일어나! 데스몬드!… 그만 자라고! 넌 자는 모습이 너무 흉측해!"

잠들었던 이가 일어나 앉았다. 그의 흐린 하늘색 눈동자가 친구에게서 멎었다. 그는 셰리를 더 오래 관찰하기 위해 잠이 덜 깨 어리바리한 척했다. 파란색으로 차려입은 셰리는 비장하고 근사했으며 안색은 능숙하게 칠한 벨벳 같은 파우더 아래에서 창백했다. 데스몬드는 자신의 멋부린 추함과 비교되는 셰리의 아름다움에 고통스러웠다. 그는 일부러 길게 하품을 하면서 생각했다. '또 무슨 일일까? 이 머저리는 어제보다 더 잘생겨졌군. 특히 저 속눈썹, 저 속눈썹은 진짜…' 그는 셰리의 힘차고 반드러운 속눈썹을, 푸르도록 하얀 흰자위와 짙은 색 눈동자에 드리우는 그 속눈썹의 음영을 바라보았다. 그는 또한 거만하게 올라간 아치형 입술이 오늘 아침에는 쾌락에 갈급한 듯 촉촉하고, 또렷하고, 달떠서 미세하게 헐떡거리는 것을 알아차렸다.

데스몬드는 질투심을 자신의 감정적 문제 중에 가장 나중으로 제쳐 놓고서 셰리에게 지치고 거만한 어조로 물었다.

"지금 나가려는 건지, 아니면 이제 들어온 건지 알 수 있을까?"

"나가는 거야. 내 걱정은 하지 마. 장보러 가는 거니까. 화원에도 가고, 보석상에도 가고, 엄마 집에도 가고, 아내 집에도 가고, 또…"

"교황 대사관도 잊지 마."

"내가 예의범절은 잘 알잖아. 셔츠 단추 똑바로 잠그고 난초 꽃다 발도 가져갈게."

셰리가 농담에 응수하는 경우는 드물었다. 보통은 무시해버리기 가 다반사였다. 이 시답잖은 대꾸는 데스몬드가 친구의 예사롭지 않 은 상태를 인지하는 중요한 단서였다. 그는 거울로 셰리를 뜯어보며 부푼 콧구멍의 하얀 김과 불안하게 흔들리는 시선을 간파했고 가장 예민한 질문을 던지는 위험을 감수했다.

"점심 먹으러 들어올 거야?… 이봐, 셰리, 내가 묻잖아. 우리 점심 같이 먹느냐고?"

셰리는 고개를 저어 '아니'라고 답했다. 그는 레아 방에 있는 것과 같이 두 창문 사이에 서 있고 정확히 그의 신장 높이인 세로로 긴 거 울에서 자신의 모습을 숨기며 휘파람을 불었다. 조금 전엔 환한 분 홍색 벽을 배경으로 묵직한 금색 테에 끼워져 있던 또 다른 거울 속 에서 나신이거나, 헐렁한 비단 잠옷으로 몸을 감싼 자신의 모습을 떠 올렸더랬다. 사랑받고 행복하고 애지중지되던 잘생긴 젊은이가 연인 의 목걸이며 반지를 만지작거리는 호사스런 모습을… '혹시 아까 레 아의 거울에 젊은 남자가 비쳤던가?…' 언뜻 생각이 미치자 극도 의 흥분이 몸속을 훑고 지나갔다. 그는 넋이 나간 채로 자신의 목소 리를 들었다고 느꼈다.

데스몬드는 물었다.

"뭐라고 했어?"

온순해진 친구는 점잔을 빼며 대답했다.

"아무 말도 안했어. 누가 안마당에서 얘기하나봐."

셰리는 데스몬드의 방을 나서며 문을 소리 나게 닫았다. 그는 자신의 아파트로 돌아갔다. 잠이 깬 리볼리 거리에 잔잔하게 복닥거리는 대중의 물결이 이어졌다. 창문을 활짝 열어 햇빛 속에서 얇은 비취 칼날처럼 투명하고 빳빳해진 봄 이파리들을 볼 수도 있었으리라. 하지만 셰리는 창문을 닫고서 침대와 욕실 문 사이의 음산한 벽 한 구석에 불필요하게 놓인 작은 의자에 앉았다.

그는 낮게 중얼거리기 시작했다.

"어떻게 그럴 수 있었지…."

그는 침묵했다. 지난 육 개월 반 동안 자신이 어떻게 레아의 연인에 대해 전혀 생각하지 못했던 것인지 도통 이해할 수 없었다.

난 완전히 미쳐있는 것뿐이니까! 샤를로트 플루가 경건하게 간직한 레아의 편지엔 이렇게 쓰여 있었다.

'완전히 미쳤다고?' 셰리는 머리를 설설거렸다. '이상해, 그건 내가 아는 누누가 아니야. 누누가 사랑하는 남자는 과연 어떤 남자일까? 파트롱 같은? 당연히 데스몬드 같은 남자보다는 그쪽이겠지…. 가령 잘 그을린 아르헨티나인? 또… 아니, 그렇더라도….'

그는 순진한 미소를 머금었다. '나 이외에 대체 누가 누누 맘에 들 수 있겠느냐고?'

구름이 4월의 태양 위로 지나가자 방안이 어두컴컴해졌다. 셰리는 벽에 머리를 기댔다. '나의 누누…. 나의 누누…. 날 배신한 거야? 추잡하게 날 배신한 거냐고?… 내가 이런 일을 당하게 한다고?'

그는 분노 없이 놀라워하며 힘겹게 상상해낸 말과 이미지들로 자신의 고통을 후벼팠다. 그는 레아의 집에서 함께 보냈던 시간들을 떠올리려 애썼다. 아침나절의 노닥거림, 쾌락이 길어졌던 완전무결한 침묵 속에서의 오후, 차가운 방의 따뜻한 침대 속에서 빠져들던 달콤한 겨울 잠… 그의 눈엔 여전히 레아의 팔에서, 레아의 방 커튼 뒤에서 타오르는 오후의 체리 빛 태양 속에서, 단 한 명의 연인만이 보였다. 바로 셰리 자신. 그는 확고한 신념으로 다시 태어난 듯 벌떡 일어섰다.

"아주 간단해! 내가 나 이외에 누우 곁에 있는 다른 남자가 도무지 떠오르지 않는다면 그건 다른 남자가 없기 때문이야!"

그는 전화기를 집어 들었고 하마터면 전화할 뻔했다가 조용히 수화기를 내려놓았다.

'진정해…'

그는 어깨를 펴고 꼿꼿이 걸어서 문을 나섰다. 그의 오픈카가 그를 보석상으로 데려다놓았다. 그는 보이지 않는 파란색 철제 틀에 강렬한 파란색 사파이어가 촘촘히 세팅된 가느다란 머리띠에 마음을 빼앗겼다. '에드메 머리에 딱이야.' 그는 머리띠를 구입하고서 다소 생뚱맞고 지나치게 예를 갖춘 꽃다발도 샀다. 아직 열한 시도 되지 않았기에 그는 다시 이럭저럭 은행에서 돈을 찾는가하면 신문판매대에서 영국 일러스트 잡지를 훑거나 그도 아니면 터키담배 가게에서, 향수 가게에서 삼십 분 남짓을 흘려보냈다. 마침내 그는 다시 차에 올라 꽃다발과 리본을 두른 상자 사이에 앉았다.

"집으로."

운전기사는 뒷좌석을 돌아보았다.

"네?… 어디로 가신다고요?"

"집으로,라고 했어요. 엥케르만 대로의. 파리 지도라도 그려줘요?"

차가 샹젤리제 방향으로 출발했다. 운전기사는 지나치게 열성을 보였다. 생각이 가득한 그의 등은 걱정스러운 듯 지난달의 무기력한 젊은이와, 부리는 사람들에게 까다롭고 휘발유에 예민한 플루 주니어의 입에서 나올 법한 "원한다면"과 "한 잔 하겠어요, 앙토냉?"을 주워섬기는 이 자신만만한 젊은이 사이의 간극에 골몰하는 것처럼 보였다.

모로코가죽에 등을 기댄 '플루 주니어'는 무릎에 모자를 올려놓고서 숨을 들이마셨다가 아무 생각도 하지 않으려는 강한 의지와 함께 도로 내쉬었다. 그는 말라코프 대로와 포르트 도핀 사이에 이르자, 뷔고 대로가 스쳐가는 것을 보지 않기 위해 비겁하게 눈을 감고는 자축했다. '용감했어!'

운전기사는 엥케르만 대로에 이르자 문을 열도록 클랙슨을 울렸다. 둔중하고 조화로운 경첩 소리가 길게 울리며 문이 열리고, 모자를 쓴 관리인이 허둥지둥 달려 나왔다. 경비견들이 도착한 이의 익숙한 냄새에 컹컹 짖으며 인사를 보냈다. 바짝 깎은 초록색 잔디의 풀 냄새를 들이마시며 편안해진 셰리는, 마치 유럽의 선원이 세상 반대편 오지에 원주민 부인을 버려두듯이 석 달 전에 떠나왔던 여인을 향해 주인의 발걸음으로 계단을 올랐다.

레아는 마지막 트렁크에서 꺼낸 사진들을 책상 너머 저 멀리 던져 버렸다. '뭐 이런 끔찍한 인간들이 다 있어, 기막혀! 어떻게 감히 이걸 나한테 줄 생각을 한 걸까. 그 여자들은 내가 이걸 니켈 도금 액자나 작은 접이식 액자에 끼워 벽난로 위에 늘어놓기라도 할 줄 아는 걸까? 천만에, 당장 휴지통 행이지, 아무렴, 그것도 박박 찢어서!'

그녀는 사진들이 떨어진 곳으로 가서 그것들을 찢어버리기 전에 그녀의 파란 눈으로 가능한 가장 엄격한 시선을 던졌다. 우편엽서 크기의 한 사진이 눈에 들어왔다. 검정색을 배경으로 코르셋을 입은 체격 좋은 부인이 머리에 베일을 쓰고 있었는데 미풍에 베일이 살짝 들려, 볼 아래쪽이 드러나 있었다. **친애하는 나의 레아에게, 게타리에서의 달콤한 시간들을 추억하며, 아니타.** 토벽처럼 표면이 우둘투둘한 카드도 있었는데 카드 한가운데에 또 다른 사진이 붙어 있었다. 여럿이 모여 있는 가족사진이었는데 다들 표정이 침울한 것이 일종의 소년원 분위기였다. 다리가 짧고 얼굴에 분칠을 한 조모는 소년원장 같았는데 둥그렇게 퍼진 치마를 들어 올리고서, 튼튼하고 엉큼한 젊은 정육업자처럼 한 발을 다른 쪽 무릎에 올려놓고 있었다.

'간직할 가치도 없지.' 레아는 단정하며 토벽 카드를 부숴버렸다.

다음으로는 접착되지 않은, 둘둘 말린 프린트 한 장을 펼치니 두 명의 나이 든 시골 여자가 나타났다. 별스럽고 시끄럽고 호전적인 두 여자는 매일 아침, 남프랑스의 산책로 벤치에 앉아있었고 매일 저녁, 카시스 술을 마시며 사각 비단에 검은 고양이라든가 두꺼비라든가 거미를 수놓았다. 우리의 어여쁜 요정에게! 바닷가 마을 트라야의 친구들, 미퀘트와 리퀘트 자매.

레아는 이 여행 기념품을 폐기하며 한 손으로 이마를 짚었다.

'끔찍하군. 이전에 알던 인간들 못지않은 인간들이야. 이 인간들과 헤어지고 나면, 못지않은 또 다른 인간들이 등장하겠지. 별 수 없어. 어쩌겠느냐고. 내가 가는 어느 곳이나 또 다른 샤를로트 플루며 라베르슈며 알돈자며 한때는 잘생긴 청년이었을 역겨운 늙은 이들이 줄줄이 등장할 테니 말이야. 견디기 힘들고, 힘들고, 또 힘든 인간들…'

그녀는 최근의 기억을 떠올렸다. 호텔 현관에서 그녀에게 외치던 목소리들의 환청이 들려왔다. 황금색 해변을 거닐던 그녀에게 멀리서 외치던 "헤이, 이봐요!" 소리가. 그녀는 적대적인 황소처럼 공격 자세로 이마를 숙였다.

레아는 집에 돌아왔다. 육 개월만이었다. 다소 여위고 기력이 빠졌으며 덜 차분했다. 투덜거리는 버릇 때문에 더러 턱이 옷깃까지 내려오곤 했다. 머리칼의 염색이 빠지면서 경계가 빨간색이 되었고 간간이 빛을 받으면 불꽃이 타오르는 것처럼 보였다. 태양과 바다에 단련된 호박색 얼굴은 아름다운 농부처럼 활짝 피어 화장이 필요없을 정도였다. 태닝으로도 가려지지 않는 굵은 주름들이 선명한 시들시들한 목은, 완전히 감추지는 못할지언정 대충이라도 가려야 할 터였다.

그녀는 앉은 채로 이런저런 자잘한 정리를 하며 꾸무럭거렸다. 정리하는 내내 사라진 가구를, 예전의 활동을, 아늑한 공간을 누비던 자신의 날렵함을 찾기라도 하듯 연신 주위를 두리번거렸다. 그녀는 한숨과 함께 중얼거렸다.

"아! 이 여행… 내가 이걸 다 어떻게 다닌 걸까…. 너무 고단해!"

레아의 미간에 힘이 들어갔다. 다시 한 번 불만스럽다는 듯이 입술을 삐죽이는데 샤플랭의 그림 액자 유리가 깨져있는 것이 눈에 들어왔다. 그녀가 매혹적이라 여기는 분홍빛과 은빛이 지배적인 소녀 초상화였다.

'아니, 저 커튼도 손 두 개가 들어갈 만큼 찢어졌잖아…. 이건 빙산의 일각일 거야…. 대체 난 무슨 생각으로 그리 오랫동안 집을 비운 걸까? 대체 누구의 영광을 위해서?… 마치 이곳에선 조용히 슬픔을 삭일 수 없다는 듯이 말이야.'

그녀는 나이트가운의 늘어진 자락들을 그러모으며 벌떡 일어나 퉁명스럽게 중얼거리며 벨을 눌렀다.

"이 놈의 늙은이…."

가정부는 속옷과 비단 스타킹을 들고서 들어왔다.

"열한 시라고요, 로즈. 화장도, 옷도 아무 준비도 안 됐는데! 나 늦겠어…."

141

"사모님, 이제 서두르실 아무 이유가 없어요. 여긴 미디가 아닌 걸요. 날이 밝자마자 들이닥쳐서는 사모님을 이리저리 끌고 다니며 저택의 장미란 장미는 죄다 따버리는 메그레 자매들은 이제 더 이상 없다고요. 사모님 방에 조약돌을 던져서 사모님의 화를 돋우는 롤랑 씨도 더 이상 없고요…."

"로즈, 집에 할 일이 태산이에요. 누구 말처럼 이사 세 번이 화재 한 번과 맞먹는지는 몰라도, 여섯 달 동안 집을 비운 게 홍수 한 번과 맞먹는 건 확실한 것 같네요. 저 커튼의 레이스 봤어요?"

"그건 아무것도 아니에요… 사모님은 세탁실은 못 보셨죠? 여기저기 쥐똥 천지에다 마루판은 쥐가 다 쏠았어요. 또 희한한 건, 제가 에메랑시한테 유리잔 행주를 분명히 스물여덟 장을 줬는데 스물두 장 밖에 안 남았다는 거예요."

"설마?"

"말씀드린 대로예요, 사모님."

두 여자는 똑같이 분개한 시선을 교환했다. 그들 둘 다 이 안락한 집에, 소음이 잦아들게 하는 카펫과 비단보와 물건들이 빼곡한 장식장과 리폴린 에나멜을 칠한 지하실에 애착이 있었다. 레아는 무릎을 치며 말했다.

"싹 다 바뀌게 될 거예요, 로즈! 에르네스트와 에메랑시는 일주일 치 급료를 깎이기 싫으면 유리잔 행주 여섯 장을 반드시 찾아내야 할 거고요. 이 얼빠진 막셀은 여태 뭐하는 건지, 당장 복귀하라는 편지 보냈어요?"

"와 있어요, 사모님."

레아는 재빨리 옷을 꿰입으며 창문 가로 달려갔다. 그녀는 창문을 열고서 팔꿈치를 괴고는 되살아나는 나무들이 늘어선 집 앞 대로를 물끄러미 응시했다. 이제 더는 늙은 아첨쟁이 자매들도, 롤랑도, 그러니까 캄보의 그 아둔하고 건장한 젊은 남자도 없었다….

그녀는 한숨을 내쉬었다.

"세상에! 멍청이…."

하지만 그녀는 그 스쳐간 남자의 어리석음은 용서했다. 그녀의 불만은 오직 그가 그녀의 취향이 아니라는 것이었다. 몸의 기억이 둔한 편인 건강한 여인으로서 떠올려보건대, 롤랑은 다소 우스꽝스럽고 몹시 서툰 건강한 짐승일 뿐이었다. 걷잡을 수 없는 눈물의 파도가 레아를 덮쳤을 때 - 소나기가 로즈제라늄 위로 구르며 향기를 퍼뜨리던 어느 비오는 밤이었다 - 셰리의 얼굴이 일순간에 롤랑을 지워버렸다. 그녀는 이제 와서는 그 사실을 부인했다.

짧은 만남은 레아에게 후회도, 고통도 남기지 않았다. '멍청이'와 그의 정신 나간 노모는 레아가 세낸 캄보의 빌라에서, 잘 차려진 음식과 목제 발코니의 안락의자와 레아가 너그러이 베풀 줄 알고 자랑스레 여기는 안락을 계속해서 누릴 수 있었으리라. 그랬는데 상처받은 '멍청이'가 '롱발 부인'과 결혼하기를 열망하는 수려하고 뻣뻣한 반백의 장교에게 레아를 넘기고서 떠나버렸다.

"우리의 나이, 재산, 독립 욕구, 사교계 취미, 이 모든 것이 결국 우리가 서로 만날 운명이었다는 생각이 들게 하는군요." 아직 날렵한 몸을 유지하고 있는 대령이 레아에게 주워섬기곤 했다.

그녀는 웃음으로 답했다. 잘 먹고, 취하는 법 없이 잘 마시는, 무뚝

143

뚝한 편인 이 남자와 함께하는 즐거움을 누렸다. 그래서 그는 오해했다. 아름다운 파란 눈 속에서, 여주인의 신뢰가 담긴 길어지는 미소 속에서 지체되는 것뿐인 응낙을 읽었던 것이다. 어느 날 한 구체적인 행동이, 싹트기 시작한 그들의 우정에 종지부를 찍었다. 레아는 잘못을 깨끗이 인정하며 마음 깊이 자책하고 후회했다.

'내 잘못이야! 이푸스테그 대령을 롤랑처럼 투박하고 전통적인 바스크 일가 남자 취급하면 안 되는 거였어…. 그가 다시 돌아오기만 한다면 같이 다니기 적절한 세련되고 재치 있는 신사가 되어 줄 텐데, 내 집에서 시가를 피우면서 저 늙은 식객 여자들도 적당히 상대하며 놀려줬을 것이고…'

레아는 성숙한 남자는 이별을 하면 했지 명명백백히 자신을 육체적으로 평가하며 다른 남자, 미지의 남자, 보이지 않는 남자와 비교하는 눈길을 허용하지 않는다는 사실을 간과했다.

그날, 레아는 대령을 자세히 관찰할 기회가 있었고, 순간적으로 당황했다. 그리하여 세월에 굴복한 남자의 노화가 드러나는 곳들을 아는 여자의 눈길을, 그곳들에 오래 머무는 그 끔찍한 눈길을 자제하지 못했다. 그녀의 시선이 힘줄과 정맥이 튀어나온 정성들여 관리한 마른 손에서부터 늘어진 턱을 따라 주름들이 가로줄을 그은 이마까지 올라갔다가, 잔주름들 사이에 갇힌 입술로 잔인하게 내려왔다. 그리고 이어진 '레아 드 롱발 부인'의 평가. 너무도 무례하고 너무도 노골적이고 상스럽게 "허! 세상에!"로 표현된 평가에 수려한 이푸스테그 대령은 그녀의 집 문을 마지막으로 넘었다.

'내 마지막 연애였어.' 레아는 창문턱에 팔꿈치를 괴고서 생각에 잠겼다. 하지만 파리의 쾌청한 날씨가, 말끔한 안뜰의 정경과 새소리가, 각진 초록색 화분에 서 있는 둥그런 수형의 월계수 나무들이, 방 안에서 빠져나오며 그녀의 목덜미를 훑고 가는 향기로운 온기가 그녀에게 장난기와 유쾌한 기분을 선사했다. 부아 방향으로 향하는 여인들의 실루엣이 지나갔다. '치마가 또 변했네, 모자는 더 높아지고.' 레아는 유행을 확인했고 르위스 네 모자 상점에 갈 계획을 세웠다. 아름다워지고 싶다는 돌연한 욕구가 그녀를 일으켜 세웠다.

'아름다워져? 누구를 위해서? 그래, 나를 위해서. 그리고 모친 플루를 짜증나게 하기 위해서.'

레아는 셰리가 도주한 것을 모르지 않았으나 오직 그가 도망쳤다는 사실만을 알았을 뿐이었다. 그녀는 모자들을 써보는 동안, 그녀가 과도한 호의를 베푼 젊은 여자 판매원의 능란한 감사 표현, 그러니까 그녀의 귀에 대고 셰리 사건을 포함한 이런저런 가십을 쏟아 낸다든지 상호가 상단에 찍힌 커다란 종이에 '맛있는 초콜릿 천만번 감사합니다'를 적어 내민다든지 하는 식의 감사 표현을 참아내며, 플루 부인이 아들 문제로 경찰서에 달려간 것을 나무랐다. 레아가 캄보에 머물렀을 때 늙다리 릴리가 우편엽서를 보냈었다. 정신 나간 할머니가 마침표도 쉼표도 없는 떨리는 글씨로, 이해할 수 없는 사랑이야기와 도주와 뇌이에 갇힌 젊은 아내에 대해 늘어놓았다.

레아는 회상했다.

'딱 이런 날씨였지, 내가 캄보의 욕조에서 늙다리 릴리의 우편엽서를 읽던 날 아침도…'

그녀는 태양빛이 욕조 물과 천장에서 어른거리며 춤을 추던 노란 욕실을 떠올렸다. 순간, 꽤나 잔인하고 그리 즉각적이지 않았던 세찬 폭소의 가느다란 메아리가 환청처럼 들려왔다. 그 뒤로 이어진 호출도. "로즈!… 로즈!…"

어깨와 가슴을 물 밖으로 드러내어 그 어느 때보다 분수의 조각상 같아 보였던 그녀는 손가락 끝에 매달린 젖은 우편엽서를 흔들었다. "로즈, 로즈! 셰리가… 플루 씨가 도망쳤대! 젊은 아내를 버려두고서!"

로즈는 대답했다.

"저는 놀랍지도 않네요. 이혼이 결혼보다 더 즐거울 걸요. 결혼은 모두가 악마를 짊어지고 사는 거잖아요…."

그날, 거북한 키득거림이 종일토록 레아를 따라다녔다.

"아! 이런 악마 같은 녀석! 아! 이런 못된 놈이 있나! 안 그래요?!…"

그녀는 낮게 쿡쿡대며 고개를 설설거렸다. 마치 아들이 처음으로 외박한 것을 알게 된 엄마처럼.

니스 칠을 한 사륜마차가 철문 앞을 지나며 번쩍거리는가 싶더니 고무를 댄 바퀴와 훈련된 말들의 발굽 소리를 거의 내지 않고서 조용히 사라졌다. 레아는 관찰하며 평가했다.

'아, 저기 스펠레이예프네, 착실한 사람이지. 저긴 메르길리에가 얼룩빼기 말을 타고 가는군. 그럼 열한 시겠네. 이제 베르텔레미가 나타나서 베르튀 오솔길로 걸어가며 얼어붙은 뼈마디를 녹이겠지….

다들 어떻게 이렇게 평생 똑같은 시간에 똑같은 일을 반복할 수 있는 건지 신기해. 여기에 셰리만 있었다면 내가 파리를 떠났었던 건지도 분간이 안 될 지경이야. 나의 가엾은 셰리, 이제는 그 애의 모든 것과 끝이야. 결혼식, 여자들, 아무 때나 식사하고 너무 마셔대는 것도… 안타깝네. 또 누가 알아? 그 애도 상기된 낯빛의 건강한 정육업자처럼 생기고 평범했더라면, 착실한 사람이 되었을지?'

레아는 얼어붙은 팔꿈치를 문지르며 창문가를 떠났다. 그녀는 어깨를 풀썩 추어올리며 생각했다. '셰리를 한 번은 구해줘도 두 번은 아니지.' 그녀는 손톱에 윤을 내며 광이 죽은 반지에 '후' 입김을 내뿜는가 하면, 붉은 염색이 제대로 되지 않아 뿌리 쪽이 희끗희끗한 머리칼을 거울에 바짝 대고 들여다보다가 공책에 몇 줄 끼적거리기도 했다. 그녀의 동작은 재빨랐고 평소보다 덜 차분했다. 그녀가 아주 잘 아는 은근한 불안의 침투, 그녀가 – 슬픈 기억까지 부인하면서 - 정신적 멀미라 부르는 것과 싸우기 위해서였다. 그녀는 일순간에, 그리고 간헐적으로 뛰어난 혈통의 말이 이끄는 사륜마차를 원했다가, 다시 극도로 빠른 자동차를, 다시 디렉투아르[24] 스타일의 가구들을 원했다. 심지어 이십 년 남짓 고수해오던 목덜미를 드러내는 올림머리 스타일을 바꿀 것까지 고려했다. '라발리에르처럼 아래를 둥글게 말면 어떨까?… 그럼 올해 유행인 허리가 느슨한 드레스도 입을 수 있을 거야. 어쨌든 다이어트하고서 헤나 염색을 다시 완벽하게

---

24 제국주의와 프랑스 혁명을 거치며 19세기 초까지 지속된 신고전주의 스타일로, 왕정의 화려함에서 탈피하여 고대 로마 스타일과 새로운 감각을 접목시켰다. 주로 마호가니를 사용했으며 오늘날 앤티크라고 부르는 가구들이다.

하면 아직 십 년은, 아니, 오 년은…'

적극적인 노력으로 그녀는 다시 기분이 좋아졌고, 타당한 자부심이 차올랐다.

'나 같은 여자가 끝낼 용기가 없겠어? 자, 자, 레아, 넌 네 수준에 맞게 누려왔잖니.'

그녀는 거울 앞에 서서 양손을 허리에 얹고서 자신에게 미소를 보내는 늘씬한 여자를 아래위로 훑었다.

'이런 여자가 늙은이의 품에서 생을 마감할 수는 없지. 이런 여자는 시들시들한 인간한테 손이나 입을 더럽힐 일이 절대 없는 거라고!… 그래, 젊은 피만 원하는 '여자 흡혈귀', 그게 바로 나이고 여기 있어…'

그녀는 젊은 시절을 떠올리며 그녀를 늙은이들로부터 보호해주었던 스쳐지나간 관계들과 연인들을 소환했고 자신이 지난 삼십 년 동안 빛나고 푸르른 청춘들이나 연약한 청년들에게 순수하고, 당당하고, 헌신적이었다고 생각했다.

'그러니까 그 젊은 피들이 외려 나한테 감사해야지! 대체 얼마나 많은 그들이 내 덕에 건강하고 아름다워지고, 슬플 땐 건전하게 이겨내고, 감기에 걸리면 레드풀²⁵로 회복하고, 무성의하지 않고 단조롭지 않게 사랑을 나누는 습관까지 배게 된 거냐고?… 그런데 난 이제 침대에서 허전하지 않기 위해 만날 수 있는 남자가 나이 든…'

그녀는 망설이다가 위풍당당하게 몰지각하기로 결정했다.

---

25 뜨거운 우유에 달걀노른자를 풀고 설탕을 탄 원기회복용 음료.

'나이 든 사십 대 정도?'

그녀는 손질이 완벽하게 끝난 기다란 손을 차례로 씻은 뒤 역겹다는 듯 몸을 획 돌렸다.

'푸우! 다 끝이야, 차라리 그 편이 깔끔하지. 장이나 보러 가자, 게임할 카드도 사고 맛 좋은 와인, 브리지게임 점수 칠판, 뜨개바늘, 집 안의 구멍들을 메울 온갖 장식품과 괴물을 - 늙은 여자를 - 수습하는데 필요한 온갖 것들을 사러 가자⋯.'

그녀는 뜨개바늘 대신 무수한 드레스와 새벽안개처럼 가벼운 실내가운을 샀다. 중국인 발톱관리사가 일주일에 한 번씩 방문했다. 손톱관리사는 두 번, 안마사는 매일 찾아왔다. 레아는 극장에도 모습을 보였다. 극장에 가기 전에는 셰리와 동행하던 시절에 다니지 않았던 식당들을 들렀다.

그녀는 젊은 여자들과 그들의 남자 친구들, 그리고 예전에 그녀의 재봉사였으나 현재는 일을 그만 둔 쿤이 연극이나 식당에 초대하면 응했다. 젊은 여자들은 그녀에게 그녀가 요청한 적 없는 공경심을 표했고, 쿤은 그녀를 '친애하는 나의 친구'라고 불렀다. 그녀는 첫 회식 자리에서 쿤에게 곧바로 받아쳤다.

"쿤, 확실히 당신한테 고객은 어울리지 않네요."

레아는 권투 심판이자 권투교습소를 운영하는 파트롱을 도피하듯 찾아갔다. 하지만 파트롱은 바를 운영하는 표독스럽고 질투가 심한 자그마한 젊은 여자와 결혼했다. 레아는 이 감성적인 체육인을 만나기 위해 금장식으로 무거워진 짙은 사파이어 색 드레스와, 극장의 꼭대기 좌석과, 존재감이 뚜렷한 보석들과, 새로이 염색한 마호가니색 머리칼을 희생시키며 이탈리 광장까지 한참을 걸었다. 교습소에 도착한 레아는 파트롱이 훈련시키는 '신인'들이 내뿜는 땀내, 식초 내, 테레벤틴 내만 실컷 들이마시다 떠나면서, 초록 불빛이 윙윙거리는 낮고 광활한 연습실을 다시 볼 일은 절대 없으리라 확신했다.

한유한 사람들의 번다한 삶에 합류하기 위한 모종의 시도들은 그녀에게 스스로도 이해할 수 없는 피로를 안겼다.

'내가 왜 이러지?'

레아는 저녁이면 살짝 부어오른 발목을 만져보는가 하면 아직 뿌리 노출의 위험이 거의 없는 튼튼한 치아를 거울에 비춰보았고, 술통을 감식하듯 주먹으로 폐 부근과 위를 두드리며 탐색했다. 그녀 안에서 설명할 수 없는 무언가가 지지대를 잃고서 기울어지며 그녀를 송두리째 붕괴로 이끄는 기분이었다. 마침내 그녀는 선술집 목로에서 달팽이 12개를 앞에 두고서 마차꾼들의 화이트와인으로 목을 축이다가 우연히 마주친 라베르슈 남작부인한테서, 탕아의 귀환과 엥케르만 대로에 도래한 새로운 신혼을 알게 되었다. 레아는 이 도덕적인 이야기를 심상하게 들었다. 하지만 이튿날 그녀의 집 철문 앞에 다다르는 파란 리무진과 이어서 안뜰을 가로지르는 샤를로트 플루를 발견하자 곤혹감으로 창백해졌다.

"드디어! 드디어! 돌아왔구나! 나의 레아! 나의 소중한 친구! 더할 수 없이 예뻐졌어! 작년보다 더 날씬해지고! 조심해, 레아, 우리 나이엔 너무 말라도 안 돼! 그 정도가 적당해, 더 빼면 안 돼! 게다가⋯ 아,

다시 만나서 정말이지 기뻐!"

그토록 상처가 되는 목소리가 그토록 다정한 내용을 속삭인 적은 결단코 없었다. 레아는 생각할 시간을 벌어주는 이 쓰라린 폭포수에 감사하며 플루 부인이 혼자서 떠들도록 내버려두었다. 샤를로트 플루는 예전처럼 비단 벽지를 두른 작은 거실의 은은한 조명 아래 놓인 다리가 짧은 안락의자에 앉았다. 레아 또한 무심결에 예전처럼 등받이가 딱딱해서 절로 어깨를 펴고 턱을 들어 올리게 되는 의자에 앉았다. 두 여자 사이엔 예전처럼 우둘투둘한 전통 자수가 수놓인 테이블보를 씌운 탁자에, 오래 묵은 브랜디가 반쯤 담긴 커다랗고 두꺼운 유리병과 부딪칠 때 울림이 맑고 운모 조각처럼 얇은 굽 달린 유리잔들과 차가운 물과 사블레 비스킷이 놓였다.

샤를로트는 울먹였다.

"나의 소중한 친구! 우리가 이렇게 평화롭게, 평화롭게 다시 만났구나. 자기도 내 신조 알지. 곤경에 처했을 땐 친구들을 조용히 내버려두어라, 친구들과는 오직 행복만을 나누어라. 그래서 셰리가 집을 나가있던 동안에 자기한테 일부러 연락하지 않았던 거야, 이해하지? 이제 내 새끼들이 행복하고 만사형통하니 거리낌 없이 얘기하며 자기 품에 달려들 수 있어. 이제 우리의 즐거운 삶을 다시 시작하는 거야, 물론…"

샤를로트 플루는 말을 멈추고 담배에 불을 붙였다. 그녀는 여배우처럼 이런 종류의 서스펜스에 능했다.

"… 물론 셰리 없이."

"물론."

레아는 미소 지으며 수긍했다. 그녀는 기막혀하면서도 만족스레 오랜 적의 이야기를 들으며 그를 유심히 관찰했다. 비인간적인 커다란 눈과 수다스러운 입술, 투실투실하고 수선스러운 짤막한 몸통, 눈앞의 그 모든 것이 예전처럼, 변함없이 예전처럼 오직 그녀의 꿋꿋함을 시험하고 그녀를 모욕하고자 이곳에 온 것이었다. 하지만 레아도 예전처럼 응수하고 경멸하고 미소 짓고 당당히 맞설 줄 알았다. 벌써 어제와 그 이전의 날들에 그녀를 짓누르던 슬픔의 무게가 사라져버렸다. 하루의 익숙한 빛이 거실을 물들이며 커튼 속에서 일렁였다. 레아는 쾌활하게 마음을 다잡았다.

'그래, 작년보다 좀 더 늙은 두 여자가 다시 마주했구나. 익숙한 악의와, 판에 박힌 말들과, 나약한 불신과, 함께 하는 식사들. 아침엔 경제지를 들추고 오후엔 추잡스런 가십을 떠들어대겠지. 그 모든 게 다시 시작이야. 그게 삶이니까, 내 삶이니까. 알돈자며 라베르슈며 릴리 같은 여자들과 몇몇 가정 없는 늙은 남자들, 게임테이블에 촘촘히 모여 앉은 그 모든 운명들, 어쩌면 게임카드와 고급술이 담긴 유리잔 옆에서 작은 실내화도 보게 될 거야, 곧 태어날 아이를 위한 시작으로… 자, 다시 시작하는 거야, 그게 순리니까. 즐겁게 받아들이자, 이를테면 옛 추락의 자국에 다시 편안히 드러눕는 것뿐이니까….'

레아는 며느리 이야기에 열을 올리는 샤를로트 플루의 말을 듣기 위해, 평온한 시선과 온화한 입술을 하고서 편히 자리 잡았다.

"자기도 알지, 레아, 내 평생의 목표가 평화와 평온이었다는 거? 이제 내가 그걸 이뤘다니까. 사실 셰리의 가출은 탈선이었어. 자기를 비난할 생각은 조금도 없지만, 레아, 셰리가 열아홉 살부터 스물다섯 살까지 총각의 삶을 살아볼 기회가 거의 없었잖아? 그래서 이 녀석이 석 달 동안 총각으로 지내본 거였더라고! 별 일 아니었더란 말이지!"

레아는 동요 없이 대답했다.

"외려 잘됐지. 젊은 아내한테 확신을 주게 됐으니 말이야."

플루 부인은 환해진 얼굴로 고함쳤다.

"바로 그거야, 바로 내가 찾던 단어! 확신! 그날 이후로 그야말로 꿈결이라니까! 그거 알아, 플루 집안사람은 일단 한 번 분탕을 치고서 집에 돌아오면 절대 다시 안 나간다는 거!"

"집안 전통이야?"

레아가 물었으나 샤를로트 플루는 아무 말도 들으려하지 않았다.

"게다가 집에서 어찌나 극진히 맞아줬던지. 녀석의 젊은 아내가 글쎄! 세상에, 그런 애가 있다니, 레아…. 내가 요즘 젊은 여자애들을 꽤나 봤지만, 에드메보다 나은 애는 못 봤어."

"그 애 엄마가 상당히 훌륭하잖아."

"생각해봐, 생각해보라고, 레아, 셰리가 그 애를 나한테 석 달 가까이 맡겨놓은 셈이잖아, 여담이지만 내가 있어서 그 애한테 얼마나 다행이었느냐고!"

"정확히 내가 한 생각이야."

"그런데 친구, 불평 한 마디, 다툼 한 번이 없어, 서툰 짓이 요만큼도, 요만큼도 없다고! 인내심은 말할 것도 없고 어찌나 나긋나긋한지, 성녀야, 성녀!"

153

"끔찍하네."

"어땠는지 알아? 글쎄, 우리의 불한당 녀석이 어느 날 아침, 만면에 미소를 띠면서 근처 부아라도 한 바퀴 돌고 들어온 양 불쑥 나타났거든. 그 애가 한 소리 했을 거라고 생각하지? 천만에! 그렇지가 않았어! 그러니 셰리도 태연한 척해도 속으로는 난처했을 거야…."

"아, 그런가? 왜?"

"어쨌든, 그렇잖아…. 환대하는 게 예뻐 보였겠지. 침실로 가서 바로 그렇게 척, 의기투합하더라고. 아! 장담컨대 그때 그 순간, 이 세상에 나보다 더 행복한 여자는 없었을 거야!"

레아는 넌지시 흘렸다.

"에드메만 빼고서."

하지만 플루 부인은 예민한 여자였다. 그녀는 지느러미 같은 양 팔을 휘저었다.

"무슨 얘기가 하고 싶어서? 나는 단지 다시 화합한 가정을 생각한 거야."

그녀는 한 쪽 눈과 입술을 찡그리며 어조를 바꾸었다.

"게다가 난 그 애가 황홀경에 빠져 교성을 지르는 게 상상이 안 돼. 이제 스무 살짜리가 무슨, 푸… 그 나이엔 서툴거든. 게다가 우리끼리 얘기지만 그 애 엄마도 무덤덤할 것 같아."

"자기의 가족신화가 논점을 흐리고 있어."

샤를로트 플루의 아무것도 읽을 수 없는 두 눈이 순진하게 휘둥그레졌다.

"아니야, 아니야! 유전, 유전! 난 유전을 믿어. 그래서 내 아들도 환상 그 자체인 거야…. 어떻게 자기가 녀석이 환상 그 자체라는 걸 모를 수 있지?"

레아는 해명했다.

"내가 잊었었나 봐."

"그래도 난 내 아들의 미래를 믿어. 녀석은 내가 그런 것처럼 자기 가정을 사랑할 거야. 재산을 잘 관리할 것이고, 내가 녀석을 사랑하는 것처럼 녀석도 자기 자식을 사랑할 거야…."

"그러니 슬픈 생각들은 미리 하지 마! 걔들 집 인테리어는 어떻게 됐어?"

플루 부인은 삐악거렸다.

"암울해, 암울해! 보라색 카펫이라니, 보라색 카펫이라니! 검정색과 금색 욕실에, 가구도 없이 나처럼 뚱뚱한 중국 꽃병들만 한가득인 거실이 웬 말이냐고! 그래서 어떻게 됐게? 애들이 뉘이에서 영 나가려 들지를 않아. 게다가 잘난 체를 하려는 건 아니지만 며느리가 날 어지간히 좋아해야지."

레아는 염려스럽게 물었다.

"정신 불안 증세는 없고?"

샤를로트 플루의 한 쪽 눈이 반짝였다.

"며느리? 염려 없어. 우리가 아주 강적을 만났거든."

"우리라니, 누구?"

"미안, 내 친구, 말 습관이야…. 우리가 나로서는 머리가 비상하다고 밖에 할 수 없는 애를 만났다니까. 머리가 보통 비상한 게 아니야. 애가 목소리도 높이지 않고서 명령을 하는 재주가 있어. 셰리의 심

155

통도 끄떡없이 받아내고, 모욕도 달콤한 우유라도 되는 양 꿀꺽 삼켜…. 사실 의문이야, 나중에 내 아들이 위험해지는 건 아닌지 의문이라고. 혹여, 레아, 혹여 며느리가 어느 날 자기 본성을 제어하지 못하게 될까봐 걱정스러워, 그토록 독특하고 그토록…"

레아는 끼어들었다.

"왜? 셰리가 벌써 고분고분해? 이 귀한 브랜디 좀 더 마셔. 스펠레이예프가 놓고 간 거야. 74년 됐어, 부드럽기가 아마 갓난애한테 줘도 될 걸…."

"고분고분하다는 건 어폐가 있고. 어쨌든 이제는 평온… 아니, 평정…."

"평정심?"

"그래, 그거. 그래서 내가 자기를 만나러 간다는 걸 알아도…"

"뭐, 셰리가 안다고?"

레아의 양 볼로 피가 몰렸다. 그녀는 자신의 다혈질 성격과 작은 거실에 스며든 밝은 햇살을 저주했다. 플루 부인은 만족스런 눈길로 레아를 힐끔거리며 그녀의 동요를 즐겼다.

"그럼, 당연히 알지. 뭐, 그런 걸 갖고 얼굴을 붉혀, 친구! 어린애 같기는!"

"그보다 자기는 내가 돌아온 걸 어떻게 안 거야?"

"아, 이런, 레아, 그걸 질문이라고. 곳곳에서 자기를 본 사람이 한둘이어야지…"

"그래, 하지만 셰리는, 셰리한테는 내가 돌아왔다는 걸 자기가 얘기했어?"

"아니, 친구, 내가 녀석한테 들은 거야."

"아, 셰리가 자기한테…. 재밌네."

레아는 자신의 목소리에서 심장이 쿵쾅거리는 소리를 들었고, 긴 말로 위험을 감수하지 않았다. 플루 부인은 말했다.

"그러면서 심지어 말끝에 나더러 '플루 여사, 누누 소식 좀 전해다 주면 고맙겠어요'라고 하던걸. 자기한테 애정이 많아, 걔가!"

"고맙네!"

얼굴이 진홍빛이 된 플루 여사는 오래 묵은 브랜디에 허물어진 듯했다. 그녀는 꿈꾸듯 말하고 고개를 갸웃거렸다. 하지만 금빛이 섞인 갈색 눈동자만은 굳건하고 예리하게, 동요 없이 꼿꼿이 앉아 무언지 모를 타격을 기다리는 레아를 끈질기게 살폈다.

"고마운 일이지만 한편으로는 당연하지. 남자라면 자기 같은 여자를 못 잊는 법이니까, 레아…. 혹시 내 모든 감정이 궁금해? 자기가 신호를 보내기만 하면…."

레아는 샤를로트 플루의 팔에 한 손을 얹고는 상냥하게 말했다.

"난 자기의 모든 감정이 하나도 안 궁금해."

플루 부인의 올라가 있던 입가가 풀렸다. 그녀는 맥 빠진 한숨을 내쉬었다.

"아, 이해해, 그렇겠네. 자기는 다르게 사는 사람이니까…. 그러고 보니 자기 얘기는 하나도 안 물었네!"

"그 사람은 굉장히…"

"행복해 해?"

"행복해하지."

"진짜 사랑? 여행은 좋았어?… 다정한 남자야? 사진은 어디 있어?…."

안심한 레아는 미소를 세련되게 다듬으며 고개를 저었다.

"아니, 아니, 자기는 아무것도 모르게 될 거야! 아니면 어디 혼자 찾아보든가!… 이제 경찰은 안 불러, 샤를로트?"

"경찰 따위 부른 적 없어. 나는 설령 이 사람 저 사람이 찾아와 자기가… 사랑에 또 다시 실패했다고 해도… 아니면 엄청난 곤경에, 가령 돈 문제에 처했다고 떠들어댄다 해도 곧이곧대로 믿지 않아…. 아무렴! 아무렴, 난 믿지 않아, 험담 따위 내가 어떻게 대처하는지 잘 알잖아!"

"그걸 나보다 더 잘 아는 사람은 아무도 없지. 나의 샤를로트, 아무 걱정 말고 가. 가서 우리 친구들의 걱정까지 다 날려주고. 그리고 내가 12월부터 2월까지 달성한 절반의 석유값을 친구들도 달성하기 바란다고 전해줘."

플루 부인의 흐리멍덩하게 풀려있던 얼굴에서 술기운이 사라졌다. 그녀는 말끔하고 무미건조하고 말똥한 표정이 되었다.

"석유값 정산하고 있었구나! 진즉에 생각했어야 했는데! 왜 나한테 말하지 않았어?"

"물어보지도 않았잖아…. 자기는 가족 생각뿐이니, 그게 당연하고…"

억눌린 트럼펫 소리가 새나왔다.

"나도 마침 이공탄을 때면 어떨까 생각했는데."

"아, 그래? 자기도 나한테 말하지 않았네."

"나더러 연애 얘기를 방해하라고? 그럴 순 없지! 난 이만 갈게, 레아. 곧 다시 올게."

"목요일에 와. 난 이제 뉘이의 일요일 모임은… 빠질게. 여기서 목요일에 간단히 회동하면 어때? 정다운 친구들끼리 모이면? 알돈자 부인, 우리의 남작부인 등등 모여서 포커 게임에 뜨개질에…"

"뜨개질을 해?"

"아직, 하지만 곧 하게 되지 않겠어?"

"뛸 듯이 기쁜 소식인걸! 봐봐, 나 펄쩍 뛰는 거! 자기 얘기는 아무한테도 하지 않을게, 집에 가서도 입 딱 닫고 있을게. 녀석도 목요일에 와서 포트와인 한 잔 청할 수 있을 거야! 자, 인사 키스하자, 내 친구…. 세상에, 어쩌면 이리 냄새가 좋아! 자기도 알지, 피부가 덜 팽팽해지면 향수가 피부에 더 잘 배어드는 거? 냄새 정말 좋다."

'가라, 가…' 레아는 부글거리는 속을 달래며 안뜰을 가로지르는 플루 부인을 시선으로 좇았다. '어서 심술 떨 계획을 세우러 가야지! 누가 널 막겠니. 발을 삐끗했어? 그래도 넘어지진 않을 거잖아. 조심스런 네 운전기사는 선로를 이탈하지도 않을 거고, 나무를 들이받지도 않을 거야. 넌 뉘이의 집으로 잘만 들어가겠지. 그러고는 네가 절대 하지 말아야 할 말을 늘어놓을 적기 - 오늘이든, 내일이든, 다음 주든 -를 고를 거야. 그렇게 아마도 휴식하고 있을 이들을 휘저으려 하겠지. 그래봤자 네가 할 수 있는 건 나한테 그랬던 것처럼 고작 그들을 조금, 그것도 일시적으로 흔들어 놓는 것뿐이겠지만…'

레아는 질주 후의 말처럼 다리를 떨었으나 고통스럽진 않았다. 공들인 몸치장과 샤를로트에게 받아쳤던 말들이 흡족했다. 그녀의 두 볼과 시선에 산뜻한 생기가 감돌았다. 그녀는 손수건을 쥐어짰다. 아직 소모할 힘이 남아있었기 때문이다. 머리에서 샤를로트 플루 생각이 떠나질 않았다. 그녀는 중얼거렸다.

"우린 마치 습관처럼 물어뜯는 실내화를 되찾은 두 마리 개처럼 서로를 되찾은 거야. 참 희한하지! 그 여자는 내 적인데, 내게 위안이 되는 것도 그 여자니 말이야. 정말이지 우린 떼려야 뗄 수 없는 관계구나…."

그녀는 오랫동안 사색에 잠겼고 점차로 두려움에 사로잡혔다가 끝내 자신의 운명을 받아들였다. 신경이 느슨해지자 깜빡 잠이 들었다. 의자에 앉은 채로 쿠션에 한쪽 볼을 대고서 임박한 노령의 꿈속으로 빠져들었다. 그날이 그날인 매일이 그려졌고, 샤를로트 플루와 마주한 삶이 보였다. 세월을 단축시키는 뿌리 깊은 경쟁심과, 성숙한 여인에게 먼저 코르셋을, 이어서 염색을, 마지막으로 섬세한 레이스 속옷을 포기하게 만드는 품위 없는 무기력이 오래도록 지속되는 삶이. 그녀는 노인의 사악한 쾌락을 미리 맛보았는데 그것은 비밀스러운 투쟁, 누군가를 죽이고 싶은 욕구, 그리고 오직 한 존재, 세상의 오직 한 지점만을 남기는 재앙에 대해 끊임없이 되살아나는 강렬한 희망에 불과했다. 그녀는 새벽녘과 같이 불그스름한 해거름의 빛 속에서 놀라며 깨어나 한숨을 내쉬었다.

"아! 셰리…"

하지만 그것은 더 이상 지난 어느 해의 거칠고 갈망하는 부름이 아니었고, 눈물도 아니었으며, 정신의 고통이 육체를 파괴하려할 때 온몸으로 고통스러워하고 들썩거리는 저항도 아니었다. 레아는 쿠

160

션의 자수 자국이 난 볼을 문지르며 일어났다.

'나의 가엾은 셰리… 생각하면 재미있어, 너는 쇠락한 늙은 연인을 잃음으로서, 나는 스캔들 급의 젊은 연인을 잃음으로서, 우리는 우리가 소유했던 세상에서 가장 명예로운 것을 잃었으니 말이야…'

샤를로트 플루가 다녀가고서 이틀이 흘렀다. 레아에게 길게 느껴진, 그녀가 견습생 정신으로 힘겹게 버틴 우울한 이틀이었다. 그녀는 마음을 다잡곤 했다. '이렇게 살아가야 한다면 다시 시작하는 거야.' 하지만 그녀는 실수를 저질렀다. 견습 의욕이 꺾일만한 모종의 불필요한 시도였다고 할까. 둘째 날 오전 열한 시 무렵, 그녀는 외출이라도 하고 싶었다. 호숫가까지 걷고 싶었다. 그녀는 계획을 세웠다. '강아지를 한 마리 사야겠어. 강아지가 있으면 동무도 되고 억지로라도 걷게 될 거야.' 로즈는 여름 옷장 깊숙이에서 밑창이 튼튼한 노란색 장화 한 켤레와 높은 산이며 숲속이 연상되는 다소 투박한 외투를 찾아내야했다. 레아는 그런 종류의 신발과 질긴 천으로 만든 옷을 입은 사람들이 풍기는 결연한 모습으로 집을 나섰다.

'십 년 뒤에는 지팡이를 짚게 될 지도 몰라.'

그녀는 생각했다. 아직 집에서 얼마 못 갔을 때쯤 등 뒤로 그녀가 안다고 느낀 가볍고 날렵한 발소리가 들렸다. 그녀는 머리칼이 쭈뼛서는 듯한 두려움을 미처 물리치지 못하고서 자신도 모르게 그 자리에 얼어붙었다. 발소리가 그녀에게 다가오는가 싶더니 그녀를 지나치며 멀어졌다.

레아는 안도의 한숨을 내쉬었다.

'어리석기는!'

그녀는 외투에 꽂을 카네이션을 구입하고는 다시 걸었다. 하지만 서른 발자국 남짓 떨어진 대로의 잔디를 뒤덮은 희뿌연 안개 속에서, 우뚝 선 한 남자의 실루엣이 기다리고 있는 걸 알아차렸다.

'이번엔 진짜네, 저 재킷의 형태며 지팡이를 돌리는 방식이며… 아! 이런 만남은 사양이야, 우체부 같은 신발에 뚱뚱해 보이는 두툼한 외투를 걸친 이런 몰골로 저 애와 재회하고 싶지 않다고. 어차피 만나야 한다면, 다른 모습을 보이고 싶어. 저 앤 부대 자루는 절대 못 견딘단 말이야…. 안 돼…. 안 돼, 다시 집으로 들어가야겠어, 다시…'

그때 안개 속에서 기다리던 남자가 빈 택시를 보더니 손을 흔들고는 차에 올라 레아 앞을 지나쳐갔다. 콧수염을 짧게 기른 금발의 젊은 남자였다. 하지만 레아는 다행스러워하지 않았다. 더는 안도의 한숨을 내쉬지도 않았다. 그녀는 발길을 돌려 집으로 돌아갔다.

"갑자기 게으름이 났어, 로즈…. 새로 산 복사꽃 색 티가운[26]하고 소매 없는 커다란 자수 숄 좀 갖다 줘요. 이 모든 모직물들이 갑갑해 못 견디겠어."

레아는 생각했다.

'아무리 주의해도 소용없어. 두 번 연속 아니었지만 세 번째는 셰리일 수도 있잖아. 함정을 파놓으면 꼼짝없이 걸려들 거야. 오늘은 싸울 기운이 없어, 힘이 없다고.'

---

26 tea-gown, 얇은 천으로 헐렁하게 제작한 실내 드레스. 19세기 중반 이후로 유행했다.

그녀는 종일토록 인내하며 다시 고독을 연습했다. 담배와 신문을 즐기고는, 점심식사 후에는 라베르슈 남작부인과 옛 연인이자 전날 집 앞을 지나는 걸 보았던 스펠레이예프와 통화하는 짧은 기쁨을 누렸다. 레아는 훤칠한 마필매매상인 스펠레이예프에게 말 한 쌍의 판매를 의뢰했다.

이후엔 오싹할 정도로 기나길고 완전무결한 정적이 몇 시간 동안 이어졌다.

'보자, 보자….'

그녀는 양손을 허리에 얹고서 방안을 서성였다. 맨 팔에 드리워진 금색과 분홍색의 커다랗고 멋들어진 자수 숄 자락이 그녀를 따라다녔다.

'보자, 보자…. 정리해보자고. 그 아이가 내 마음에서 더는 중요하지 않게 되었다고 해서 내가 의기소침할 필요는 없잖아. 여섯 달 전에도 난 혼자였어. 미디에서도 아주 잘 지냈고. 우선 장소를 옮겨 다녔으니까. 리비에라와 피레네 지역의 인연들과도 잘 지냈지만 그러다가도 그들이 떠나면 또 환기가 됐어…. 상처에 녹말 찜질을 하면 치료되지는 않아도, 반죽을 계속 교체해주면 적어도 진정되기는 하잖아. 어쨌든 내가 여섯 달 동안 옮겨 다닌 건, 괴물과 결혼한 저 끔찍한 사라 코엔 때문이기도 해. 내가 자기 남편을 바라보면 그때마다 걘 '난 내가 예쁜 것 같아'라고 주절거렸지.

하지만 그 육 개월 전에도 난 혼자 산다는 게 뭔지 알았어. 가령 스펠레이예프와 헤어진 뒤에는 어떻게 살았더라? 파트롱과 함께 와인바나 선술집들을 굳세게 쏘다녔지. 얼마 못가 셰리를 만났고. 어쨌든 스펠레이예프 전에도 르켈렉이 있었어, 그 아이 부모가 억지로 결혼시켜 나한테서 떼놨었지…. 불쌍한 놈, 그 예쁜 눈에 눈물이 그렁그렁했었는데… 그 뒤론 넉 달 동안 혼자였지. 첫 달엔 나도 눈물깨나 쏟았어. 아! 아니다, 내가 눈물을 펑펑 쏟은 건 바치오치 때문이었구나. 하지만 다 울고 나니 주체할 수 없을 정도로 혼자인 게 좋았지. 그래! 바치오치 시절엔 나도 스물여덟 살이었으니까. 르켈렉과 헤어졌을 땐 서른이었고. 그러고도 중간에 사귄 남자들이… 중요하지 않아. 스펠레이예프 이후엔 그렇게나 많은 돈을 써댔던 게 혐오스러웠어. 셰리가 떠난 지금 나는… 나는 쉰이구나, 그 아이와 육 년이나 함께 보내다니 내가 경솔했어.'

레아는 미간을 모았다. 입까지 침울하게 삐죽여 얼굴 전체를 흉하게 일그러뜨렸다.

'이런 꼴을 당해 마땅해. 내 나이에 남자를 육 년이나 사귀다니. 육 년이나! 그 애가 그나마 내게 남아있는 걸 망쳤어. 그 육 년이면 이렇게 후회막심인 대신, 두세 번은 더 소소하게 행복하고 안락할 수 있었다고…. 육 년간 이어온 관계라니, 남편 따라 식민지에 가는 거랑 뭐가 다르냐고. 그러고 돌아오면 알아봐주는 사람 하나 없이 몸치장도 어떻게 하는지 모르게 되는 거야.'

레아는 기운을 차리기 위해서 로즈를 불러 작은 레이스 보관함을 정리했다. 어둠이 깃들었다. 전등을 켜자 로즈는 집 보수를 상기시켰다. 레아는 말했다.

"난 내일 차를 불러 노르망디에 있는 스펠레이예프의 종마사육장에 갈 거예요. 라베르슈 남작부인도 원하면 데려가고요. 예전에 장비 갖춰 승마하던 때를 떠올릴 수 있겠지. 혹시나 스펠레이에프 차남이 추파를 보내면 나도…”

레아는 신비롭고 매혹적인 표정으로 미소 지으려 애썼다. 어둠 속에서 번쩍거리는 멋진 침대와 화장대 주변에 어른거리는 유령들에게 지지 않기 위해서였다. 하지만 전신에 오한이 났다. 그녀는 타인의 관능을 한껏 경멸했다.

저녁으로 나온 공들인 생선요리와 파이는 위안이 되었다. 레아는 보르도 와인을 드라이한 샴페인으로 바꾸었고, 흥얼거리며 식탁을 떠났다. 밤 열한 시. 그녀는 방에서 창과 창 사이의 간격을 무심결에 지팡으로 재고 있는 자신을 깨달았다. 꽃이 그려진 옛 그림들을 죄다 커다란 거울로 교체하기 위함이었다. 그녀는 하품을 하고 머리를 긁으며 밤 단장을 위해 벨을 눌러 로즈를 호출했다. 로즈가 기다란 비단 양말을 벗기는 동안, 레아는 극복해낸 하루를 돌아보며 고된 숙제를 마친 것처럼 흐뭇해했다. 밤이 되어 한가함의 위험에서 해방된 그녀는 과연 얼마나 자게 될지, 또 얼마나 깨어있을지 헤아렸다. 불안정한 이는 한밤중에 큰소리로 하품을 하는가 하면 한숨을 내쉬고, 우유배달부와 도로청소부와 참새들을 저주하기 마련이니까.

레아는 밤 단장을 하는 내내 실현하지 못할 무해한 계획들을 휘둘렀다.

‘알린 메스막케르도 와인바겸 식당을 내서 돈방석에 앉았잖아…. 물론 투자도, 일도 만만치 않지…. 게다가 난 카운터에 못 있어. 아니, 매니저를 두면 그럴 필요 없지. 라베르슈가 그랬잖아, 도라와 뚱보 피피도 함께 나이트클럽을 운영한다고. 유행은 유행인가 봐. 둘

이서 특별 고객 유치를 위해 맨 목에 카라만 달고 턱시도를 걸치고 있다던데. 뚱보 피피는 아이를 셋이나 키우고 있으니 이유가 되지…. 쿤도 슬슬 지루해하는 것 같으니 내가 투자해서 새 의상실을 차리게 하는 것도 방법이고….'

폼페이 스타일 욕실의 거울 앞에서 톤 다운된 분홍색 불빛을 받으며 레아는 전라의 몸에 백단향 향수를 분사하고는, 기다란 비단 잠옷을 펼치며 자기도 모르게 신이 났다.

'그 모든 게 말이 그렇다는 거지. 내가 일하기 싫어하는 건 내가 지극히 잘 알지. 꿈 깨고 잠이나 자요, 부인! 댁이 카운터에 앉을 일은 절대 없고, 고객들도 떠났으니까.'

레아는 소매 없는 흰색 가운으로 몸을 감쌌다. 아련한 분홍 불빛으로 물든, 거울 속의 여자가 화장대로 가 앉았다. 빗질을 하고 염색으로 단단해진 머리칼을 떠받치느라 들어 올린 두 팔이 피로한 얼굴에 테두리를 둘렀다. 그녀의 두 팔은 아직 매우 아름다웠다. 그녀는 탱탱한 겨드랑이부터 동그란 주먹까지 죽 훑으며 잠시 감상했다.

'너무 늙은 꽃병의 아름다운 손잡이로구나!'

레아는 황금색 빗핀을 목덜미 위로 아무렇게나 꽂아 머리를 고정하고는 어두운 서재의 책장에서 큰 기대 없이 추리소설 한 권을 빼냈다. 그녀는 장서 취미가 없었고, 책들을 벽장 구석에 빈 상자들이며 약통들과 함께 처박아두는 버릇을 절대 고치지 않았다.

그녀가 몸을 기울여 침대 시트를 젖히고서 질 좋은 리넨의 주름을 펴고 있었을 때 안마당에서 커다란 벨소리가 울렸다. 낮게 울려 퍼지는 난데없는 초인종 소리가 야심한 자정 시간을 훼손했다.

그녀는 소리 내어 내뱉었다.

"저건, 설마…."

그녀는 숨을 죽이고서 입을 반쯤 벌린 채로 귀를 기울였다. 두 번째로 울리는 벨소리는 첫 번째보다 더 또랑또랑하게 느껴졌다. 보호본능, 방어본능이 발동한 레아는 화장대로 달려가 얼굴에 분칠을 했다. 그러고는 로즈를 호출하려는데 현관문이 철컥 닫히는 소리가 들렸다. 이어서 입구와 계단에서 울리는 발소리, 두 목소리가 두런거리는 소리, 그러니까 가정부의 목소리와 다른 목소리가 섞인 소리가 들렸다. 그녀가 미처 결단할 겨를도 없이 문이 벌컥 열렸다. 눈앞에 셰리가 나타났다. 턱시도 위에 걸친 외투를 풀어헤치고 모자를 쓴 그는 창백한 안색에 뜨악한 표정이었다.

셰리는 닫힌 문에 등을 기대고 서서 꼼짝도 하지 않았다. 특별히 레아를 바라본다기보다는 마치 공격에 대비하기라도 하듯, 초점 없이 방 전체를 훑는 표정이었다.

레아는 아침에는 안개 속에서 식별해낸 그림자를 보고도 떨었음에도, 지금은 아직 욕실에서 불시에 방해받은 여자의 불쾌감 외에 다른 감정을 느끼지 못했다. 그녀는 가운을 여미고 빗핀을 다시 고정시키면서 발로는 벗겨져 나간 실내화를 찾았다. 얼굴이 붉게 달아올랐으나 양 볼로 몰렸던 피가 가시고 나자 차분한 외양을 되찾았다. 그녀는 고개를 쳐들었다. 그녀가 하얀 문에 기대어 선 검은 옷의 젊은 남자보다 더 커보였다. 그녀는 제법 목소리를 높여 말했다.

"이건 어디 식 방문법이지? 모자 벗고 인사는 해야지."

셰리는 거만하게 말했다.

"잘 지냈어?"

그는 자신의 목소리에 놀란 듯했다. 이내 보다 인간적으로 주위를 두리번거렸고, 일종의 미소가 그의 눈가에서 입가로 내려갔다. 그는 부드럽게 다시 인사했다.

"잘 지냈어?…"

그는 모자를 벗고는 두세 걸음을 떼었다.

"앉아도 돼?"

"마음대로."

그는 스툴에 앉아 여전히 서있는 레아를 바라보았다.

"옷 입던 중이었어? 외출하려고?"

그녀는 고개를 가로저은 뒤 셰리에게서 멀리 떨어져 앉아 손톱 소제기를 집어 들고는 아무 말도 하지 않았다. 셰리는 담배에 불을 붙이고 나서 피워도 되는지 물었다. 레아는 심드렁하게 되풀이했다.

"마음대로."

그는 말없이 고개를 숙였다. 담배를 든 손이 가늘게 떨렸다. 그는 이를 깨닫고는 떨리는 손을 탁자 가장자리에 올려놓았다. 레아는 느릿느릿 손톱을 손질하며 간간이 셰리의 얼굴을, 무엇보다 내리깐 눈꺼풀과 짙게 드리운 속눈썹을 흘끔거렸다.

마침내 셰리는 입을 열었다.

"여전히 에르네스트가 문을 열어주네."

"왜 에르네스트가 아니어야 하는데? 네가 결혼했다고 해서 내가 부리던 사람도 바꿔야하는 거야?"

"아니…. 그런 뜻이 아니라 나는 그냥…"

침묵이 내려앉았다. 레아는 그 침묵을 깨뜨렸다.

"그 스툴에 오래 앉아있을 예정인지 물어봐도 될까? 난 네가 왜 자정에 내 집에 쳐들어왔는지조차 안 궁금해…."

그는 급히 말했다.

"궁금해 해봐."

그녀는 고개를 저었다.

"관심 없어."

그는 스툴이 뒤로 나뒹굴도록 격하게 일어나 레아를 향해 걸어갔다. 그녀는 그가 때리기라도 할 기세로 몸을 바짝 기울이는 것을 느꼈지만 물러나지 않았다. 그녀는 생각했다. '내가 세상에 겁날 게 뭐가 있어?'

"아! 내가 왜 여길 왔는지 모른다고? 내가 왜 여길 왔는지 알고 싶지도 않다고?"

그는 외투를 벗어 긴 의자 위로 힘껏 던진 뒤, 팔짱을 끼고는 레아 얼굴에 자신의 얼굴을 바짝 대고서 기세등등한 짓눌린 어조로 악을 썼다.

"그래, 다시 갈 거야!"

그녀는 다 사용한 작고 섬세한 족집게를 차분히 정리하고서 손을 씻었다. 셰리는 온 힘을 소진한 듯 다시 의자로 무너져 내렸다.

레아는 말했다.

"그래, 다시 간다고. 아주 훌륭하네. 그건 누구와 의논한 거야?"

"나하고."

이번엔 그녀가 일어났다. 계속해서 우위를 점하기 위해서였다. 안정을 되찾은 심장 박동 덕에 그녀는 평온을 유지했다. 실수 없이 연기하고 싶었다.

"내 의견은 왜 묻지 않았지? 난 너의 무교양을 잘 아는 오랜 친구잖아. 여기 들어오면서 혹시 네가… 누군가를… 곤란하게 할 거라는 생각은 안 해봤어?"

그는 고개를 숙인 채로 방안을 수평으로 훑었다. 닫힌 문, 장갑차 같은 철제 침대, 사치스런 베개의 경사 등등. 특이할 만한 것이나 새로운 것이 아무것도 없었다. 그는 어깨를 추어올렸다. 레아는 그 이상의 반응을 기다리다가 다시 밀어붙였다.

"내 말 무슨 뜻인지 이해했어?"

"아주 잘. 그 '신사 분'은 아직 안 들어온 건가? '신사 분'께서 외박을 하시나?"

그녀는 차분하게 대답했다.

"너랑 상관없는 일이야, 꼬마야."

그는 입술을 깨물며 굽 달린 술잔 모양의 보석 보관통에 담배를 신경질적으로 비벼 껐다. 레아는 고함쳤다.

"거기다 하지 말라고 맨날 얘기했잖아! 대체 몇 번을 말해야…"

그녀는 멈칫하며 무심결에 가족 싸움의 어투가 된 것을 자책했다. 하지만 그는 듣지 못했는지 레아가 여행에서 사온 에메랄드 반지를 유심히 살폈다.

그는 우물거렸다.

"이게… 이게 뭐야?"

"그거? 에메랄드지."

"나도 눈은 있거든! 내 말은 누가 이걸 당신한테 줬느냐는 거야!"

"넌 몰라."

"멋지군!"

셰리는 씁쓸하게 말했다. 레아에게 모든 권력을 되돌려주는 어조였다. 그녀는 자신을 유리하게 만들어준 이를 좀 더 혼란스럽게 하는 즐거움을 누렸다.

"그래, 멋지지? 여기저기서 칭찬 많이 들었어. 밴드 부분 봤어? 다이아가 깨알같이 박혀서 반짝거리는 거…"

"그만!"

셰리는 주먹으로 약한 탁자를 쾅 내리치면서 격분하여 울부짖었다. 그 충격으로 장미꽃잎들이 떨어지고 도자기 잔이 굴러 떨어졌으나 폭신한 카펫 덕에 깨지지는 않았다. 레아가 전화기로 한 손을 뻗자 셰리의 팔이 그 손을 거칠게 저지했다.

"뭘 하려고?"

"경찰에 신고하려고."

셰리는 레아의 양 팔을 붙들고는 전화기에서 멀리 떨어뜨리며 애써 명랑하게 말했다.

"자, 자, 알았어, 장난은 이제 그만! 그렇게 바로 사건을 만들면 대체 무슨 말을 할 수 있겠어…"

레아는 다시 앉으며 그에게서 등을 돌렸다. 그는 그녀에게서 손을 떼고 그대로 서 있었다. 반쯤 벌어지고 튀어나온 입술은 심통난 아이의 그것이었다. 검은 머리칼 한 가닥이 그의 눈썹을 덮었다. 레아는 거울을 통해 그를 슬쩍 염탐했다. 그가 의자에 앉으며 거울에서 그의 얼굴이 사라졌다. 이번엔 그가 그녀의 뒷모습을, 너풀거리는 실내가운을 걸친 바람에 체격이 더 커 보이는 뒷모습을 바라보는 바, 그녀가 거북함을 느꼈다. 그녀는 화장대로 되돌아가 머리를 빗은 뒤에 빗핀을 다시 꽂고서 기분전환 차 향수병을 열었다. 셰리는 향을 따라 고개를 돌렸다.

"누누!"

그가 불렀으나 그녀는 대답하지 않았다.

"누누!"

그녀는 돌아보지 않은 채 명령했다.

"잘못했다고 해."

그는 히죽거렸다.

"설마!"

"강요는 안 해. 하지만 그만 돌아가, 당장….”

그는 화가 난 채로 다급하게 말했다.

"잘못했어!"

"그렇게 밖에 못해?"

그는 소리를 낮추어 다시 말했다.

"잘못했어."

"좋아!"

그녀는 그에게 다가가 기울어진 그의 머리에 한 손을 가볍게 얹었다.

"자, 얘기해봐."

그는 몸을 떨며 그녀의 손길을 털어냈다.

"무슨 얘기를? 복잡할 게 없어, 내가 여기 왔고, 그뿐이야."

"어서, 자, 얘기해봐."

그는 무릎 사이의 양 손에 힘을 주며 의자에서 몸을 좌우로 흔들었다. 얼굴은 레아를 향했지만 그녀를 보고 있지 않았다. 그녀는 하얀 김이 새나오는 셰리의 콧구멍이 벌름거리는 것을 보았다. 다스리려고 애쓰는 가쁜 숨소리도 들렸다. 이제 그녀는 한 번만 더 부추기면 그만이었다. "자, 얘기해…." 그는 손가락 하나로만 밀어도 쓰러질 판이었다. 그는 외쳤다. "누누, 자기야! 누누, 자기야!" 그는 그녀에게 힘껏 달려들며 구부린 다리 위쪽을 부둥켜안았다. 그녀는 앉은 채로 그가 바닥에 미끄러지는 것을, 눈물을 짜고 횡설수설하며 그녀에게 매달리는 것을, 손을 이리저리 더듬어 가운의 레이스를, 목걸이를 닥치는 대로 움켜쥐는 것을, 가운 속에서 그녀의 어깨의 형태를, 머리칼 속에서 그녀의 귀의 위치를 확인하는 것을 지켜보았다.

"누누, 자기야! 자기가 맞구나! 나의 누누! 아, 나의 누누, 당신 어깨, 똑같은 당신 냄새, 당신 목걸이, 자기를 되찾았어, 나의 누누, 아! 좋아…. 그리고 머리칼의 이 희미한 탄내, 아! 너무… 너무 좋아…."

셰리는 고개를 뒤로 젖히며 가슴에서 뿜어내는 마지막 숨결처럼 이 어리석은 말을 내뱉었다. 그는 바닥에 무릎을 댄 채로 레아를 부둥켜안으며 그녀에게 머리칼로 그늘진 이마와, 눈물범벅인 떨리는 입술과, 기쁨이 반짝이는 눈물이 되어 흐르는 눈을 바쳤다. 레아는 이 남자 이외의 다른 것은 완벽하게 잊고서 오직 그만을 주시했다. 어찌나 열렬하게 주시했던지 키스할 생각조차 하지 못했다. 그녀는 셰리의 목에 팔을 두르고서 자신이 중얼거리는 말의 리듬에 따라 그를 안은 팔을 느슨하게 조였다.

"내 아이…. 내 악당…. 네가 왔구나…. 네가 돌아왔어…. 이번엔 또 뭐야? 어쩜 그리 못됐니…. 나의 예쁜이…."

그는 입술을 벌리지 않은 채로 웅얼거리며 투정했을 뿐 거의 아무 말도 하지 않았다. 그는 레아의 말을 들으며 그녀의 가슴에 볼을 댔다. 그녀가 똑같은 말을 다정하게 주절거리기를 멈추자 그는 애원했다. "더 해줘!" 자신도 울어버릴 것 같아 두려워진 레아는 이제까지와 똑같은 어조로 그를 나무랐다.

"못된 바보…. 인정사정없는 작은 악마…. 천하의 심술쟁이, 저리 가…."

그는 감사의 눈길로 그녀를 올려다보았다.

"그래, 그렇게 날 욕해줘! 아! 누누…"

그는 그를 더 잘 보기 위해 몸을 뒤로 젖혔다.

"그럼 날 사랑했던 거야?"

그는 어린아이처럼 동요하며 시선을 내렸다.

"응, 누누."

자제하지 못한 억눌린 웃음소리가, 하마터면 생의 가장 두려운 기쁨에 빠져들 뻔했다고 그녀에게 경고했다. 포옹, 추락, 이불이 젖혀진 침대, 몸이 잘린 짐승의 살아있는 두 토막처럼 접합된 두 육체… 그녀는 생각했다. '안 돼, 안 돼, 아직은, 아! 아직은…'

셰리는 한숨을 내쉬었다.

"목이 말라. 누누, 목이 말라…."

레아는 재빨리 일어나 미지근해진 물병을 손으로 더듬다가 밖으

174

로 나가는가 싶더니 바로 돌아왔다. 셰리는 바닥에 앉은 채로 몸을
둥글게 말고서 스툴에 머리를 기댔다. 레아는 말했다.

"레모네이드 가져올 거야. 거기 있지 말고 긴 의자에 가서 앉아. 이
전등 거슬려?"

레아는 시중들고 명령하는 기쁨에 전율했다. 그녀는 긴 의자에 몸
을 묻었고, 셰리는 그녀에게 기대어 절반쯤 몸을 뉘었다.

"이제 좀 얘기를…"

로즈의 등장으로 말이 끊겼다. 셰리는 일어나지 않은 채로 맥없이
로즈를 돌아보았다.

"…잘 지냈어요, 로즈."

로즈는 조심스럽게 인사했다.

"안녕하세요, 플루 씨."

"로즈, 나 내일 아침 아홉 시에…"

"브리오슈 빵과 핫초코를 드신다고요."

로즈는 문장을 마저 맺었다. 셰리는 흡족한 한숨을 내쉬며 두 눈
을 감았다.

"정확히 꿰뚫었어!… 로즈, 내일 아침에 난 어디서 옷을 입죠?"

로즈는 더욱 성심껏 대답했다.

"내실에서요. 다만 그러려면 제가 침대소파를 치우고, 전처럼 치장
에 필요한 도구들을 옮겨다 놓아야 할 텐데요."

로즈는 레모네이드를 마시는 '못된 아기'를 무릎에 받친 채로 긴
의자에 거만하게 기대어 있는 레아에게 시선으로 물었다.

"좋을 대로. 두고 보자고. 올라가 봐요, 로즈."

로즈가 떠나고 한동안 침묵이 이어졌다. 미풍의 불분명한 속삭임과 달빛을 무시한 새 울음만이 들릴 뿐이었다.

"셰리, 자?"

그는 사냥개처럼 큰소리로 그르렁거렸다.

"아! 아니, 누누, 너무 좋아서 잠도 안 와."

"얘기해봐…. 저쪽에선 아무 나쁜 짓도 안 했어?"

"우리 집에서? 아니, 누누. 전혀, 맹세해."

"다툼도?"

그는 자존감 강한 고개를 들지 않은 채 눈만 치떠 그녀를 올려다보았다.

"천만에, 누누. 난 아무 이유 없이 집을 나갔던 거야. 그 애는 정말 착해. 아무 일도 없었어."

"아!"

"나도 굳이 그 애가 들추지 않는 불씨를 쑤석거리지 않았고. 오늘 저녁에 그 애는 뭐랄까, 고아 같은 얼굴이었어, 알잖아, 아름다운 머리칼 속의 그늘진 두 눈… 알지, 그 애 머리칼이 무척 아름다운 거?"

"응…."

그녀는 잠든 이의 잠꼬대라도 들은 듯, 들릴락 말락 희미한 단음절로 대답했다.

셰리는 말을 이었다.

"오늘도 어쩌면 내가 정원을 가로지르는 걸 봤을 수도 있어."

"아?"

"그렇다니까. 발코니에 있었거든. 흰색과 흑옥색 드레스를 입고서.

그 흰색이 어찌나 으스스한지. 아! 정말 마음에 안 드는 옷이야….
저녁식사 때 그 옷을 보는데 그때부터 집을 뛰쳐나오고 싶었어….”

“설마?”

“정말이라니까, 누누. 그 애가 날 봤는지는 모르겠어. 달도 안 떴으
니까. 내가 기다리는 동안 깨났어.”

“어디서 기다렸는데?”

셰리는 손을 뻗어 대로 쪽을 막연히 가리켰다.

“저기서. 죽 기다렸어, 알아? 보고 싶었거든, 오랫동안 기다렸어.”

“대체 뭘?”

그는 돌연 레아에게서 몸을 떼더니 좀 더 멀리 떨어져 앉고는 무
도한 불신으로 팽배한 표정을 되찾았다.

“뭐긴, 여기에 아무도 없다는 걸 확신하고 싶었지.”

“아! 그렇구나…. 그러니까 넌 여기에…”

그녀는 경멸이 가득한 코웃음을 치는 것으로 부인할 수밖에 없었
다. 내 집에 연인이? 셰리가 살고 있었는데 연인이라고? 기괴했다. 그
녀는 신이 나서 생각했다. ‘어리석기는!’

“웃어?”

그는 벌떡 몸을 일으켜 그녀의 고개가 뒤로 젖혀지도록 한 손으
로 그녀의 이마를 눌렀다.

“웃는다고? 날 비웃는 거야? 당신… 당신, 애인이 있어? 누구 있
는 거야?”

추궁과 함께 그의 몸이 점점 앞으로 기울었고, 그 바람에 그녀의
목덜미도 긴 의자의 등받이에 밀착되었다. 그녀의 눈꺼풀에서 그의

무도한 숨결이 느껴졌다. 그녀는 이마와 머리칼을 짓누르는 손에서 빠져나가려는 시도를 하지 않았다.

"어디 감히 말해봐, 애인이 있다고!"

그녀는 점점 가까워오는 빛나는 얼굴에 매료되어 눈꺼풀을 바들거리면서 마침내 은근한 목소리로 털어놓았다.

"아니, 애인 따윈 없어. 널 사랑해…."

그는 그녀를 움켜쥔 손을 풀고서 턱시도와 조끼를 벗어던지기 시작했다. 그의 넥타이가 휘익 날아가 벽난로 위에 놓인 레아의 흉상의 목을 휘감았다. 그는 그 모든 동작을 하면서도 긴 의자에 앉아 그녀와 무릎을 맞댄 채, 그녀에게서 떨어지지 않았다. 그녀는 반라의 그를 바라보면서 거의 서글프게 물었다.

"원하는 게 이거야?… 응?…"

임박한 쾌락과 그녀를 안고 싶은 욕망에 몰두한 그는 대답이 없었다. 그녀는 순순히 따르며 젊은 연인에게 사려 깊고 진지하고 바람직한 애인이 되어주었다. 하지만 그녀는 자신의 패배의 순간이 다가오는 것에 일종의 공포를 느끼며 셰리를 형벌처럼 견뎠다. 그녀는 두 팔로 그를 힘없이 밀어내다가 이내 무릎 사이로 그를 힘차게 붙들었다. 끝끝내 그녀는 그를 부둥켜안으며 가냘프게 울부짖다가 사랑이 고통스런 회한으로 가득 차서 창백하고 숙연하게 떠오르는, 심연 속으로 빠져들었다.

그들은 서로를 부둥켜안은 팔을 풀지 않았다. 어떤 말도 그들이 생기를 되살린 긴 침묵을 깨뜨리지 않았다. 셰리의 상체가 레아의 옆구리로 미끄러져 내려갔다. 그는 두 눈을 감고서 이불 위로 머리를 축 늘어뜨렸다, 마치 연인 위에서 칼에 찔린 듯이. 레아는 그녀를 아랑 곳하지 않는 이 육체의 하중을 견디며 반대쪽으로 살짝 몸을 틀었 다. 그녀는 나지막하게 쌔근거렸다. 짓눌린 왼팔이 저려왔다. 셰리도 목이 마비되는 것을 느꼈다. 하지만 그들은 나란히 미동도 없이, 쾌 락의 천둥이 점차로 잦아들면서 물러가기를 함께 기다렸다.

'잠들었군.' 레아는 생각했다. 그녀의 자유로운 쪽 손이 여전히 셰 리의 손목을 부드럽게 쥐고 있었다. 그녀가 잘 아는 특이한 형태의 무릎이 그녀의 무릎을 짓눌렀다. 그녀는 자신의 심장 높이에서 고 르고 희미하게 박동하는 심장 소리를 식별해냈다. 풀꽃과 야자수 가 섞인 강렬하고 지속력이 높은, 셰리가 제일 좋아하는 향수의 향 이 공중에 떠돌았다. '그가 여기 있어', 레아는 생각했다. 그녀는 무 조건적인 안도감에 휩싸였다. '그가 영원히 여기 있어', 그녀는 속으 로 외쳤다. 빈틈없는 조심성, 그녀의 삶을 이끌어온 미소를 잃지 않 는 상식, 원숙한 그녀 나이의 겸허한 망설임, 그리고 포기, 그 모든 것들이 돌연한 사랑의 오만함 앞에서 물러나며 사라졌다. '그가 여 기 있어! 어리석고 예쁘장한 어린 아내도 내팽개치고, 집도 내팽개 치고서 돌아왔어, 나한테 돌아왔어! 이제 누가 나한테서 그를 뺏어 갈 수 있을까? 이제는, 이제는 내가 우리의 삶을 계획해야 해…. 그 는 자신이 뭘 원하는지 여전히 모르지만 난 알아. 별 수 없이 떠나야 하는 게 기정사실이겠지. 숨을 것까지는 없지만 조용히는 살아야 하 잖아…. 그리고 나도 여유롭게 그를 바라보고 싶어. 내가 그를 사랑 한다는 걸 몰랐던 시절엔 그를 충분히 바라보지 못했어. 그의 변덕 과 나의 의지를 충분히 실현할 만한 장소를 찾아야 해…. 우리 둘을

위해 내가 생각할 거야…'

왼팔이 저려오며 쥐가 나고 어깨도 한 자세로 오래 있어 마비되자, 그녀는 조심스럽게 몸을 빼내며 돌아누운 셰리의 얼굴을 살피다가, 그가 잠들지 않음을 알아차렸다. 한쪽 눈의 흰자위가 번뜩였고 검은 속눈썹이 불규칙하게 바들거렸다.

"안 잤어?"

그녀와 몸이 밀착된 그가 소스라치는 것이 느껴졌다. 그는 그녀 쪽으로 한 번에 휙 돌아누웠다.

"당신도 안 자고 있었네, 누누?"

그는 침대테이블로 손을 뻗어 전등을 켰다. 분홍빛 조명이 커다란 침대를 덮으며 레이스의 굴곡을 뚜렷하게 드러내고, 솜털을 넣어 누빈 톡톡한 이불들의 누빔선 사이에 어두운 골짜기들을 만들었다. 누워있던 셰리는 자신의 안식과 관능적인 놀이의 장소를 알아보았다. 그의 곁에서 팔꿈치를 침대에 괸 레아는 한 손으로 예전부터 좋아했던 셰리의 기다란 속눈썹을 쓰다듬다가 그의 머리칼을 뒤로 넘겼다. 누운 상태에서 이마 주위로 머리칼이 흐트러진 셰리는 사나운 바람에 머리가 뒤집힌 것처럼 보였다.

에나멜 괘종시계가 울렸다. 셰리는 벌떡 일어나 앉았다.

"몇 시야?"

"글쎄, 우리랑 무슨 상관인데?"

"아, 난 그냥…"

그는 피식 웃었으나 곧바로 다시 눕지 않았다. 밖에서 첫 우유배달차가 유리병들이 맞부딪치는 쨍그랑 소리를 내자 그의 몸이 희미하게 대로 쪽을 향했다. 딸기 색깔 커튼 사이로, 밝아오는 태양의 칼날 같은 싸늘한 빛 한 줄기가 스며들었다. 셰리의 시선이 다시 레아에게 향했다. 그는 당혹스러운 아이와 의심 많은 개의 집중한 눈빛에 강렬함과 집요함이 더해진 매서운 시선으로 그녀를 응시했다. 그의 눈 깊은 곳에서 읽히지 않는 생각들이 꿈틀거렸다. 그 형태와, 시베리아 꽃무우 계열의 진노란색과, 엄격하거나 나른하게 내쏘는 안광은 단지 상대를 굴복시키기 위한 것일 뿐 내면을 드러내기 위한 것은 아니었다. 어깨는 떡 벌어지고 허리는 좁은 그의 벗은 상반신이 구겨진 이불 속에서 높은 파도처럼 솟아올랐다. 그의 온 존재가 완벽한 예술품들이 지닌 애수를 풍겼다.

도취된 레아는 탄식했다.

"아! 넌 정말…"

단순한 찬사를 받는 것에 익숙한 그는 웃지 않았다.

"얘기해봐, 누누…"

"뭐를, 잘생긴 젊은이?"

그는 머뭇거리다가 오한이 나는 듯 진저리를 치며 눈꺼풀을 떨었다.

"피곤해…. 그리고 내일은 어떻게…"

레아는 벌거벗은 상반신과 무거운 머리를 부드럽게 밀어 베개 위로 다시 눕혔다.

"염려 말고 누워. 누누가 여기 있잖아. 아무 생각하지 말고 자. 추운가보구나…. 자, 이걸 걸쳐, 따뜻할 거야…."

레아는 침대에서 집어 든 비단과 양모로 만든 여성용 가운을 그에게 둘러준 뒤 전등을 껐다. 그녀는 어둠 속에서 어깨를 빌려주고, 행복한 옆구리를 내어주고, 자신의 숨소리를 덮어버리는 숨소리에 귀를 기울였다. 그녀는 어떤 욕망에도 자극받지 않았으나 잠들고 싶지 않았다. '잠은 셰리가 자고, 나는 생각을 해야 해. 우린 멋지게 떠날 거야. 안락하게, 하지만 은밀해야 해. 잡음과 슬픔을 최소화하는 것이 내 원칙이니까···. 봄을 즐기기엔 역시 미디만한 데가 없을 거야. 사실 내 생각만 하자면 여기서 조용히 지내고 싶어. 플루 여사와 작은 플루 여사를 생각하면 별 수 없지만···' 레아는 잠옷을 입은 채로 걱정스럽게 창가에 서 있는 여자의 환영에 잠시 멈칫했지만 이내 냉정하게 어깨를 추어올렸다. '그건 나도 어쩔 수 없는 노릇이지. 행복한 사람이 있으면···'

비단처럼 매끄러운 검정색 머리칼이 그녀의 가슴에서 꿈틀거렸다. 잠든 연인이 꿈결에 구시렁거렸다. 레아는 완강한 한 팔로 나쁜 꿈으로부터 그를 보호했다. 그녀는 그가 오래도록 그녀가 한 번도 낳아본 적 없는 ─ 눈도 없고, 추억도 없고, 목적도 없는 ─ '못된 아기' 같기를 바라며 그를 토닥거렸다.

한참 전부터 깨어있던 그는 움직이지 않았다. 팔을 굽혀 볼을 괸 채로 몇 시쯤 됐을지 헤아렸다. 이른 더위가 찾아온 대로를 맑은 하늘이 점령한 듯했다. 환한 햇살을 받아 타오르는 듯한 연분홍색 커튼 위로 구름 한 점 지나가지 않았기 때문이다. '열 시쯤 됐을까?…' 참기 힘든 허기가 몰려왔다. 전날 저녁을 거의 먹지 않았다. 작년이었으면 벌떡 일어나 레아의 휴식을 방해했으리라. 당장 거품을 가득 올린 핫초코와 버터크림을 내오라고 레아를 맹렬히 밀어붙였으리라…. 그는 움직이지 않았다. 자칫 몸을 움직여 이 화사한 방안에서, 번쩍거리는 청동 침대의 꼬불거리는 철제 기둥과 불타오르는 듯한 연분홍색 커튼에서 감각하는 시각적 즐거움이 산산이 깨어질까 두려웠다. 전날의 커다란 행복이 마치 물이 가득 찬 크리스털 속에서 춤추는 무지개 속으로, 그 눈부신 반사광 속으로 빨려 들어가 형체도 없이 사라져버릴 것만 같았다.

로즈의 조심스런 발자국이 층계참 카펫을 가볍게 스쳤다. 안마당을 조심스럽게 비질하는 소리가 들렸다. 셰리는 멀리서 들려오는 가벼운 쩽그랑거림이 주방에서 나는 소리라고 짐작하며 생각했다. '아침이 너무 기네…. 에이, 일어나야겠어!' 하지만 그는 꼼짝도 하지 않았다. 등 뒤에서 레아가 하품을 하며 다리를 죽 뻗었기 때문이다. 부드러운 한 손이 셰리의 허리에 얹혔다. 하지만 그는 왠지 모르게 도로 눈을 감고서 나른한 잠 속에 빠진 척하며 온몸으로 거짓말을 했다. 레아가 침대를 떠나는 것이 느껴졌다. 검은 그림자가 앞을 지나며 커튼을 반쯤 제쳤다. 레아는 셰리 쪽으로 몸을 돌려 그를 바라보다가 고개를 끄덕이며 미소 지었다. 승리의 미소와 거리가 먼, 모든 위험과 위협을 받아들이는 결연한 미소였다. 셰리는 좀처럼 그녀가 방을 나갈 기미를 보이지 않자 실눈을 뜨고서 그녀를 훔쳐보았다. 레아는 철도시간표를 펼쳐 손가락으로 숫자표를 따라가며 확인하다가 계산을 하려는 듯 미간을 모으며 얼굴을 들어 올렸다. 아직 분칠하지 않은 얼굴, 목덜미로 땋아 내린 빈약한 한 줄기 머리칼, 이중턱, 세월이 휩쓸고 간 황폐한 목, 그녀는 보이지 않는 시선에 경솔하게 자신을 노출했다.

그녀가 창문에서 멀어지더니 서랍장에서 수표책을 꺼내어 여러 장에 액수를 기입하며 떼어냈다. 그녀는 침대 발치에 하얀 잠옷을 내려놓은 뒤 조용히 방을 나갔다.

혼자가 된 셰리는 숨을 길게 내쉬면서 레아가 일어난 이후로 숨을 참고 있었다는 것을 깨달았다. 그는 일어나 잠옷을 다시 걸치며 창문을 열었다. '갑갑해.' 그는 한숨을 내쉬었다. 추잡한 짓을 저지른 듯한 희미한 불편이 떠나질 않았다.

'자는 척해서? 침대에서 잠이 깬 레아라면 수백 번도 더 봤잖아. 그런데 왜 자는 척했을까, 이번엔…'

방안에 밀려든 눈부신 햇살이 어둠에 묻혀있던 벽지의 꽃무늬와, 벽에서 웃고 있는 샤플랭의 작품 속 금발 소녀의 부드러운 표정을 되살려놓았다. 셰리는 고개를 한쪽으로 기울이며 눈을 감았다. 기억이 그에게 수박 속처럼 신비롭고 원색적인 전날의 침실을, 동화 같은 전등의 둥근 갓을, 무엇보다 그를 비틀거리게 했던 고조된 환희를 되돌려놓게 하고 싶었다.

"일어났구나! 핫초코 가져왔어."

그는 레아가 몇 분 만에 티 나지 않게 화장을 하고 익숙한 향수를 뿌린 것을 알아차리며 감사했다. 살갑고 유쾌한 목소리가 방안 전체에 울려 퍼지는 것과 동시에 코코아 향과 버터를 바른 빵 냄새가 훅 끼쳐왔다. 셰리는 김이 올라오는 두 찻잔 옆에 바짝 붙어 앉아서 레아가 건네는 버터를 듬뿍 바른 빵을 받아들었다. 그는 뭔가 할 말을 찾았으나 레아는 전혀 눈치채지 못했다. 그가 워낙에 말수가 적은데다 음식이 있으면 그것에 집중하는 편이었기 때문이다. 그녀는 기차를 타기 전에 짐을 다 채운 트렁크를 앞에 두고 식사하는 여자처럼 명랑하게 서두르며 맛있게 먹었다.

"빵 하나 더, 셰리?"

"아니, 됐어, 누누."

"벌써 다 먹은 거야?"

"응."

그녀는 웃으며 그를 손가락질했다.

"그럼 또 처방이 있지, 소화제 두 알 먹여야겠다, 금방 줄게!"

그는 언짢아하며 코를 찡그렸다.

"진정해, 누누, 혹시 무슨 간호사 병이라도 걸린 거야…?"

"그만, 그만, 그만! 걱정되니까. 그래서 불만이야? 그게 불만이야? 그렇다면 콧수염에 묻은 초콜릿부터 닦고 얘기하자, 짧게, 하지만 무례하지 않게. 불편한 얘기들은 짧게 해야 하는 거야."

그녀는 탁자 너머로 셰리의 손을 잡고는 꼭 쥐었다.

"네가 다시 돌아왔어. 이게 우리의 운명이었던 거야. 날 믿지? 내가 널 책임질게."

그녀는 울컥하며 말을 잃고는 승리감에 못 이겨 두 눈을 감았다. 셰리는 연인의 얼굴에 밝은 혈색이 도는 것을 보았다.

그녀는 목소리를 낮추어 말을 이었다.

"아! 내가 너한테 주지 않은 그 모든 것들, 너한테 하지 않은 그 모든 말들을 생각하면… 내가 널 다른 남자들과 똑같이 스쳐갈 남자, 그들보다 좀 더 소중할 뿐인 스쳐갈 아이로만 여겼던 걸 생각하면… 어떻게 그리 어리석을 수 있었을까, 어떻게 네가 내 사랑, 소중한 사랑이라는 걸, 일평생 단 한 번뿐인 사랑이라는 걸 몰랐을까…."

그녀는 다시 눈을 떴다. 푸른 눈이 더 푸르게, 눈꺼풀의 그늘에 잠겨 더 짙게 보였다. 그녀는 숨을 헐떡거렸다. 셰리는 속으로 애원했다.

'아! 제발 나한테 묻지 말기를, 지금 대답을 요구하지 말기를, 난 단 한마디도 해줄 수 없다고….'

그녀는 잡고 있는 그의 손을 흔들었다.

"자, 자, 실질적인 얘기를 해보자. 그러니까 내 말은 떠나자는 거지, 떠나야지. **저쪽엔** 어떻게 할래? 샤를로트와 돈 문제를 정리하는 게 좋겠지, 그편이 현명해. 대략이라도 부탁할게. **저쪽엔** 어떻게 알릴래? 아무래도 편지가 낫겠지. 적절한 방법은 아니지만 떠날 땐 할 말이 많지 않은 법이니까. 함께 고민해보자. 네 짐 문제도 있어. 여긴 네물건이 더 이상 없어…. 이런 자잘한 것들이 큰 결심보다 더 성가시지만 너무 깊이 생각하진 마…. 제발 그 발톱 살 좀 그만 뜯을 수 없겠니, 그런 나쁜 버릇 때문에 발톱이 속으로 파고드는 거야!"

그는 즉시 발에서 손을 떼었다. 스스로 부과한 침묵에 짓눌린 그는 레아의 말을 듣기 위해 힘들여 열중할 거리가 필요했다. 친구의 생기발랄하고 즐겁고 위엄찬 얼굴을 살피면서 그는 어렴풋한 의문을 품었다. '왜 저리 만족스런 얼굴이지?'

그의 얼빠진 표정이 더할 수 없이 역력해졌다. 이제는 베르텔레미 남작에게 요트를 다시 구입할 가능성에 대해 중얼거리던 레아는 혼잣말을 우뚝 멈췄다.

"그가 곧이곧대로 얘기해줄까? 아! 넌 정말이지 언제까지나 열두 살이로구나!"

멍해 있다가 제정신이 돌아온 셰리는 손으로 이마를 짚으며 애수 어린 눈길로 레아를 감쌌다.

"누누랑 있으면 난 반세기 동안 열두 살일 수도 있을 거야."

그녀는 그가 그녀의 눈꺼풀에 입김이라도 불어넣은 양 두 눈을 수차례 깜빡거리며, 두 사람 사이에 침묵이 자리하도록 내버려두었다.

한참 만에 그녀가 물었다.

"무슨 뜻이야?"

"말한 그대로야, 누누. 사실 그대로. 누누는 정직한 사람이잖아, 그러니까 말해봐, 그 사실을 부인할 수 있어?"

그녀는 이미 크나큰 두려움을 숨긴 호기로운 태도로 너털웃음을 웃는 편을 택했다.

"네 매력의 반이 바로 그런 어린애 같은 점이야, 바보야! 나중엔 네가 영원히 늙지 않는 비결이 되겠지. 그런데 그게 불평이야?… 그런 불평을 나한테 늘어놓다니 너무 뻔뻔한 거 아냐?"

"맞아, 누누. 내가 누누 아니면 어디 가서 불평하겠어?"

그는 그녀가 빼내는 손을 다시 잡았다.

"나의 누누, 자기야, 나의 소중한 누누, 난 불평만 한 게 아니라, 당신을 비난하기도 한 거야."

그녀는 그의 굳은 손안에서 손이 조여드는 것을 느꼈다. 윤기 나는 속눈썹이 드리운 어둡고 커다란 두 눈이 그의 눈을 피하는 대신 그 눈에 비참하게 매달렸다. 그녀는 다시 떨고 싶지 않았다.

'별 일 아니야, 별 일 아니야… 따끔하게 두세 마디 해주면, 대답으로 독설을 날리고는 뿌루퉁해있겠지, 그때 내가 용서해주면 돼…. 그러면 될 일이야…' 하지만 그녀는 그의 시선이 달라지게 할 당장의 질책을 찾지 못했다.

"자, 그만, 셰리…. 어떤 농담들은 내가 오래 참을 수 없다는 걸 잘 알지?"

동시에 그녀는 자신의 목소리가 무기력하고 가짜라고 느꼈다. '이게 무슨 말이지… 형편없는 연극 대사 같네….' 열 시 반의 태양 광선

이 탁자로 뻗어와 두 사람을 갈라놓았다. 레아의 윤을 낸 손톱이 반짝거렸다. 햇살이 그녀의 잘 관리된 커다란 손을 비추며, 손등과 손목 주변의 늘어지고 야들야들한 피부에 마치 극심한 가뭄 뒤에 비가 내린 진흙땅에 나타나는 현상과 같은 복잡한 그물망 무늬며 동심원을 그리는 고랑이며 극히 자잘한 평행사변형들을 새겨놓았다. 레아는 고개를 돌려 창문 밖의 대로 쪽으로 셰리의 주의를 끈 뒤, 무심한 표정으로 재빨리 손을 문질렀다. 하지만 그는 집요하고 역겨운 관찰을 고수했고 돌연 허리띠 자락을 만지작거리는 척하는 부끄러운 두 손을 덥석 잡아 키스하고 나서, 한 번 더 키스했다. 그러고는 그 손에 볼을 대며 중얼거렸다.

"나의 누누… 아, 나의 가여운 누누….'

"이거 놔!"

레아는 설명할 길 없는 분노에 휩싸여 손을 확 빼며 소리쳤다.

그녀는 한동안 감정을 다스리느라 시간을 보내며 스스로의 나약함에 경악했다. 하마터면 울음을 터뜨릴 뻔했기 때문이다. 그녀는 진정되자마자 미소 지으며 말했다.

"지금 나한테 불평하는 거야? 좀 전엔 왜 날 비난한다고 한 건데?"

그는 공손하게 대답했다.

"내가 틀렸어. 당신이 나한테 어떤 사람이었는데. 당신은 나한테….'

그는 적절한 단어를 찾을 수 없는 자신의 무능을 몸짓으로 표현했다. 레아는 신랄하게 지적했다.

"'사람이었는데!'라니, 추도사라도 낭독하는 것 같네, 안 그래, 꼬마야?"

"그러네…."

그는 자책하고 나서 고개를 설설거렸다. 그녀는 그를 화나게 할수 없다는 걸 똑똑히 깨달았다. 그녀의 온 신경이 팽팽해졌다. 그녀는 속으로 되풀이하는 똑같은 두세 마디 말로 자신의 생각을 옭아맸다. '그가 여기 있어, 내 앞에… 봐봐, 여전히 여기 있잖아…. 그는내 손이 닿는 곳에 있어…. 그런데 그가 여전히 여기 있는 건가, 내앞에, 정말로?…'

그녀의 생각이 반복적인 패턴을 벗어났다. 애끓는 한탄이 주술과도 같은 말을 대체했다. '아! 그 순간, 좀 전에 내가 "빵 하나 더, 셰리?"라고 말했던 그 순간으로 돌아갈 수만 있다면! 그때는 아직 우리가 아주 가까웠는데. 그를 영원히 잃지도 않았고 그가 아직 과거도 아니었는데! 그래, 그 순간에서 우리의 삶을 다시 시작하는 거야, 그 이후로 일어났던 일은 사소하고 중요하지도 않아. 그건 지워버릴 거야, 그건 지우는 거야… 이제부터 셰리한테 몇 분 전 그때인양 이야기할 거야, 그래, 여행, 짐, 그런 것들에 대해 이야기해야지….'

과연 그녀는 이야기를 꺼냈다.

"확실한 건… 확실한 건 무기력으로 인해 두 여자를 혼란에 빠뜨릴 수 있는 인물을 내가 사람 취급할 수 없다는 거야. 내가 아무것도 모르고 있는 것 같아? 여행이라면 넌 짧은 게 좋겠지, 그렇지? 어제는 뉘이, 오늘은 여기, 내일은… 내일은 또 어딜까?… 여기? 아니, 아니, 꼬마야, 거짓말할 필요 없어. 아무리 그런 사형수 같은 얼굴을해도 나보다 더 어리석은 여자 하나 속이지 못할 거야, 아니, 혹시 저쪽에 하나 있으려나."

거칠게 뉘이 방향을 가리키는 손짓에 과자 그릇이 엎어졌고, 셰
리는 그것을 다시 바로 세워놓았다. 말을 할수록 고통이 커져갔고
이 고통은 혹독하고 공격적이고 질투 어린 슬픔, 젊은 여자의 수다
스런 슬픔으로 바뀌었다. 양 볼의 하얀 화장이 연분홍색으로 변했
고 고데기로 만 머리칼은 말라비틀어진 작은 뱀처럼 목덜미로 내려
와 있었다.

"저쪽에 있는 여자, 네 아내조차 네 입맛대로 집에 들어가면 그때
마다 널 기다리고 있진 않을 거라고! 여자는 말이야, 꼬마야, 어떻게
붙잡을지도 잘 모르지만, 어떻게 내칠지는 더더욱 모르는 법이야!…
네 아내는 샤를로트가 붙들고 있게 할래, 응? 그것도 방법이구나, 방
법이야! 아! 내가 한껏 웃어줄게, 언젠가…"

셰리는 일어섰다. 창백하고 심각한 얼굴이었다.

"누누!…"

"누누, 뭐? 누누, 뭐? 그러면 내가 겁날 줄 알고? 아! 너 혼자 걷고
싶어서? 걸어, 그럼! 마리로 딸하고는 다닐 만큼 다닌 것 같아? 그
아이는 좃대도 없고 엉덩이도 납작하지만 상관없을 거야, 그래도…"

"그만, 그건 허용하지 않을 거야, 누누!…"

그가 그녀의 두 팔을 잡았으나 그녀는 일어나며 세차게 뿌리치고
는 쉰소리로 코웃음을 터뜨렸다.

"그래, 당연하겠지! '내 아내에 대한 어떤 말도 허용하지 않을 거야!'
이 말이잖아, 안 그래?"

그는 분노로 부들거리며 탁자를 빙 돌아서 그녀에게 바짝 다가
갔다.

"아니! 잘 들어, 난, 난 내 누누를 망가뜨리는 걸 허용하지 않을 거야!"

그녀는 우물거리며 방의 반대편 구석으로 뒷걸음질쳤다.

"그게 무슨… 그게 무슨…."

그는 그녀를 벌할 기세로 쫓아갔다.

"그래! 누누가 그런 식으로 말해야 해? 그건 어디 방식인데? 이젠 플루 여사한테나 어울릴 법한 지저분한 악다구니를 쓰는 거야? 그게 당신한테서 나온 말이라니, 누누, 당신한테서!…"

그는 도도하게 고개를 뒤로 젖혔다.

"난 누누가 어떻게 말해야하는지 알아! 누누가 어떻게 생각해야하는지도 알아! 그걸 터득할 시간이 있었거든. 내가 결혼하기 조금 전에 당신이 했던 말을 난 잊지 못해. '적어도 못되게는 굴지 마…. 상처는 주지 않도록 노력해…. 어째, 약간은 사냥개한테 암사슴을 맡기는 기분이거든….' 이런 게 말인 거지! 당신이 한 말이야! 결혼식 전날도 똑똑히 기억해, 그날 내가 도망쳐서 당신을 만나러 왔더니 뭐라고 했어, 당신이…"

감정이 격해져 목소리가 나오지 않았다. 그의 온 얼굴이 기억의 빛으로 환했다.

"셰리, 가…."

그는 레아의 어깨에 두 손을 얹었다. 그는 말을 이었다.

"그날 밤도 당신이 제일 먼저 염려하면서 내가 **저쪽에서** 고약을 떨지는 않았는지 묻지 않았느냐고? 나의 누누, 우리가 만나기 시작했을 때 당신은 내가 알던 멋진 사람, 내가 사랑한 멋진 사람이었어. 혹여 우리가 끝내야 한다고 해도 그것 때문에 당신이 다른 여자들과 똑같아져야 하는 거야?…"

레아는 찬사 속에 숨긴 술수를 어렴풋이 느꼈고 두 손으로 얼굴을 가리며 의자에 앉았다. 그녀는 우물거렸다.

"너무하는구나, 너무해…. 대체 왜 돌아온 거니…. 난 아주 평온했는데, 혼자 아주 좋았고, 아주 익숙해졌…"

거짓말을 자각한 그녀는 입을 다물었다. 셰리는 반발했다.

"난 아니었어! 내가 돌아온 이유는… 이유는…"

그는 양팔을 벌렸다가 툭 떨어뜨리고는, 다시 벌렸다.

"이유는 당신 없이 견딜 수 없었기 때문이야. 다른 이유는 찾을 필요도 없어."

그들은 한동안 침묵했다.

기진한 레아는 갈매기처럼 하얗게 질린, 조급한 이 젊은 남자를 물끄러미 바라보았다. 그는 가벼운 두 발에 양팔을 벌리고 있어 마치 금방이라도 날아오를 것만 같았다….

셰리의 어두운 시선이 그녀 위를 떠돌았다. 돌연 그가 말했다.

"아! 우쭐해도 돼, 우쭐해도 되지, 당신 때문에 내가 특히 지난 석 달 동안 어떻게 살았는지 안다면… 내가 정말 사는 게…"

"나 때문에?…"

"당신이 아니면, 그럼 누구 때문이겠어? 문만 열려도 누누인가, 전화만 와도 누누인가, 정원 우체통에 편지만 있어도 혹시 누누인가…. 누누, 누누만 찾으면서 살았다고. 심지어 와인을 마시면서도 당신을 찾았어, 당신 집에서 마신 포므리는 어디에도 없더라고. 게다가 밤에는, 정말이지…. 세상에! 맙소사!…"

그는 카펫 위를 빠르게 이리저리 아무 소음도 내지 않고서 서성였다.

"그래, 난 여자 때문에 고통스러운 게 뭔지 안다고 말할 수 있어! 당신 이후에 이제 나를 기다리는 관계는… 다 하잘것없어졌어! 아! 당신 때문에 난 망했다고!…"

그녀는 천천히 고개를 들어 이리저리 서성이는 셰리의 상반신의 왕복을 시선으로 좇았다. 그녀의 두드러진 광대뼈가 반짝거렸고 광대의 홍조가 그녀의 푸른 눈을 거의 견디기 힘들 정도로 강렬하게 만들었다. 그는 고개를 기울인 채로 걸으며 끊임없이 말을 쏟아냈다.

"생각해 봐, 집에 돌아온 뒤로 당신 없는 뇌이에서 처음 며칠이 어땠을지! 게다가 뇌이뿐만 아니라 당신은 어디에도 없었지…. 미쳐버리는 줄 알았어. 하루는 밤에 이 여자가 아팠거든. 어디가 아팠더라, 신경통이었나…. 괴로워하는데 보기 안쓰럽더라고. 하지만 방에서 그냥 나와 버렸어. 그 여자한테 자꾸만 이렇게 말하려는 나를 세상 무엇으로도 막을 수 없을 것 같았거든. '울지 말고 조금만 기다려, 내가 가서 누누 찾아올게, 누누가 널 낫게 해줄 거야….' 게다가 가능했다면 당신은 왔을 거잖아, 안 그래, 누누?… 맙소사! 무슨 인생이… 모리스 호텔에서도 마찬가지야. 내가 데스몬드를 고용했었거든. 급료를 두둑이 지불하고서. 그 친구한테도 밤에 가끔씩 당신 얘기를 했어…. 그 친구가 당신을 몰라서 내가 이렇게 설명해줬지. '친구, 그 여자 같은 피부는 세상에 없어…. 네가 갖고 있는 그 캐보션 컷팅 사파이어? 얼른 감춰, 친구, 그 여자의 푸른 눈은 빛을 받아도 회색으

194

로 변하지 않아!' 그리고 또 당신은 마음만 먹으면 얼마든지 고약해질 수 있다고도 얘기해줬어. 아무도 당신한테 마지막 남자가 되지 못할 거라고, 나도 다른 남자들과 다를 바 없다고…. 이런 얘기도 했지. '그 여자는 친구, 모자도 꼭 어울리는 것만 써. - 지난 여름에 썼던 선원 베레모 기억나, 누누? - 옷 입는 방식은 또 어떻고? 그 옆에 아무 여자나 데려다 놔봐, 죄다 도망가야 될 테니까!' 그리고 당신이 말하고, 걷고, 웃는 매력적인 방식, 세련된 거동. 데스몬드한테 이렇게 말했어. '아! 정말 굉장한 거야, 레아 같은 여자는…'"

그는 주인처럼 자랑스러워하며 손가락을 맞부딪쳐 소리를 내고는, 걷고 말하느라 숨이 차서 헐떡거리며 멈춰 서서 생각했다.

'이 모든 말을 데스몬드한테 한 번도 한 적이 없지. 하지만 거짓말은 아니야. 어쨌든 데스몬드도 이해했고.' 그는 다시 말을 이어 나가려다 레아를 바라보았다. 그녀는 아직 그의 얘기를 듣고 있었다. 이제는 꼿꼿이 앉아서 말라붙은 통한의 눈물이 밀랍처럼 굳어있는, 고결하고 초췌한 얼굴을 환한 빛 속에서 온전히 그에게 드러냈다. 보이지 않는 무게가 턱과 양 볼을 아래로 끌어내려 떨리는 입가를 슬퍼 보이게 만들었다. 셰리는 난파된 이 미모 속에서도 도도한 예쁜 코와 우수 어린 푸른 눈동자만큼은 훼손되지 않고 건재하다는 것을 발견했다.

"그래서 누누, 난 그렇게 몇 달간 살다가 여기 온 거야, 그리고…"

그는 하마터면 내뱉을 뻔했던 말에 움찔하며 말을 멈추었다. 레아는 가느다란 목소리로 담담하게 말했다.

"그리고 여기 와서 늙은 여자를 발견한 거구나."

"누누! 내 얘기 들어봐, 누누!…"

그는 레아의 무릎으로 달려들며 잘못을 숨기기 위해 무슨 말을 해야 할지 모르는 비굴한 어린아이의 얼굴을 보였다. 레아는 재차 말했다.

"그리고 늙은 여자를 발견했어. 대체 뭐가 두려운 거니, 꼬마야?"

그녀는 한 팔을 셰리의 어깨에 둘렀다. 경직된 몸이 느껴졌다. 고통스러워하는 몸의 방어본능이었고, 상처받았기 때문이었다.

"이리 와, 셰리, 뭐가 두려워? 날 아프게 해서? 울지 마…. 외려 난 너한테 얼마나 감사한지 몰라…."

그는 항변의 신음을 흘리며 힘없이 몸부림쳤다. 그녀는 그의 헝클어진 검은 머리칼에 볼을 비스듬히 댔다.

"내 얘기를 그렇게 전부 다 한 거야? 나에 대해 그 모든 생각을 한 거야? 내가 네 눈에 그렇게 예뻤니? 그렇게 멋지고? 숱한 여자들의 인생이 끝나는 나이에 난 너한테 가장 아름다운, 최고의 여자였잖아. 날 사랑했어? 정말 고마워, 내 사랑…. 내가 가장 멋있었다고?… 바보 같기는…"

경직됐던 그의 몸이 풀렸다. 레아는 그를 품에 안아 기대게 했다.

"내가 정말 멋있었다면 네 몸과 내 몸의 쾌락만 생각하는 대신에 널 남자로 만들었을 거야. 내가 가장 멋있었다고, 아니, 아니, 난 그렇지 못했어, 셰리, 널 놓아주지 않았으니까. 이젠 너무 늦었네…."

그는 일견 레아의 품에서 잠든 것 같았으나 한사코 꼭 감은 눈꺼풀이 쉴 새 없이 바들거렸다. 주먹을 쥔 채로 미동도 하지 않는 그의 한 손으로 움켜 쥔 그녀의 잠옷가운이 천천히 찢어지고 있었다.

"너무 늦었어, 너무 늦었어…. 어쨌든…"

그녀는 그에게 몸을 기울였다.

"내 얘기 들어봐, 셰리, 일어나. 눈 똑바로 뜨고서 들어. 내 눈을 보는 걸 두려워하지 마. 어쨌든 난 네가 사랑했던 여자야, 그렇지, 가장 멋진 여자이고…"

그는 눈을 떴다. 그녀의 첫눈에 그의 젖은 눈은 이미 이기적인 희망과 애원으로 가득 차 있었다. 그녀는 고개를 돌렸다. '저 눈…. 아! 얼른 끝내자….' 그녀는 셰리의 이마에 볼을 댔다.

"그래, 나였어. '쓸데없이 심술 떨지 마, 암사슴을 괴롭히지 마….' 너한테 이런 말을 했던 여자는 분명 나였어. 잊고 있었는데 다행히 네가 기억했어. 넌 나한테서 좀 늦게 놓여나는 거야, 내가 너무 오랫동안 널 짊어지고 있었어. 그래서 이젠 네가 짊어져야하는데 그걸 무겁게 느끼는 거지. 네 아내, 어쩌면 자식도… 너한테 부족한 모든 게 다 내 책임이야…. 그래, 그러네, 내 사랑, 넌 내 덕분에 스물다섯 살에 그토록 가볍고 응석받이인 동시에 어두울 수 있었던 거야…. 심히 걱정스러워. 넌 고통 받을 거고 고통을 줄 거야. 날 사랑했던 네가…." 그녀의 잠옷가운을 천천히 찢던 손에 왈칵 힘이 들어갔다. 레아는 '못된 아기'가 가슴을 할퀴는 것을 느꼈다. 그녀는 잠시 멈추었다가 말을 이었다.

"날 사랑했던 네가, 그러니까… 어떻게 내 말을 이해시켜야 할지 모르겠어…."

그는 그녀의 말을 경청하기 위해 그녀 품에서 벗어났다. 그녀는 소리칠 뻔했다. '그 손 다시 내 가슴에 얹어. 손톱도 자국 낸 데다 그대

197

로 다시 갖다 놓고. 네 살이 내 살에서 멀어지면 난 그 즉시 힘을 잃는다고!' 이번엔 그녀가 바로 앞에서 무릎을 꿇고 있는 셰리에게 기댔다. 그녀는 말을 이었다.

"날 사랑했던 너, 너는 날 그리워하게 될 거야…."

그녀는 그에게 미소 지으며 그를 똑바로 쳐다보았다.

"이 무슨 오만이람, 그렇지?… 아무튼 넌 날 그리워하게 될 거야, 혹시 네가 네 소유이자 책임인 암사슴을 겁주게 될 것 같으면, 자제하고서 그 순간에 내가 가르쳐 주지 않은 모든 것을 생각해내길 바라…. 그러고 보니 너한테 미래에 대해 얘기한 적이 한 번도 없구나. 용서해, 셰리. 나는 너를 마치 우리 둘 다 한 시간 뒤에 죽기라도 할 것처럼 사랑했어. 난 너보다 24년 먼저 태어났으니까 어느 정도 운명이 정해진 셈인데, 내 운명에 널 끌어들인 거야…."

그는 주의 깊게 경청했고 그러느라 표정이 굳어졌다. 그녀는 걱정되는 이마에 손을 가져가 주름을 폈다.

"우리가 함께 북부의 아르므농빌로 점심 식사하러 가는 게 상상이 돼, 셰리? 우리가 릴리 부인과 그 남편을 식사 초대하는 게 상상이 되느냐고?…"

그녀는 서글프게 웃고는 몸을 떨었다.

"아! 하기는, 나도 그 늙은이랑은 끝이야…. 서둘러, 셰리, 어서, 어서 네 젊음을 찾으러 가. 나이 든 여자한테 조금 축난 것뿐이니까. 너한텐 아직 젊음이 남아있어, 널 기다리는 그 아이한테도 남아있고. 너도 젊음을 맛봤잖아! 그 아이는 언짢겠지만 다시 돌아가…. 네가 비교하기 시작한 게 어젯밤은 아닐 거야…. 내가 지금 뭘 하고 있는 거지? 내가 무슨 충고를 하고 너그러운 척을 하는 건지? 어쨌든 내가 너희 둘에 대해 아는 건 그 아이가 널 사랑한다는 거야. 이제 그 아이가 전율하고 헌신적인 엄마로서가 아니라 사랑에 빠진 여인으로서 고통스러워할 차례야. 너도 그 아이한테 변덕스런 놈팡이가 아니라 주인처럼 대하고… 이제 가, 어서…"

레아는 다급한 애원조로 말했다. 그는 그녀 앞에 버티고 선 채로 그녀의 이야기를 들었다. 상반신은 벌거벗고 머리는 헝클어져 있었다. 그 모습이 너무도 유혹적이어서 레아는 그에게 뻗으려는 두 손을 서로 깍지 끼고 있어야 했다. 그는 아마도 그런 그녀의 마음을 짐작하는 듯 피하지 않았다. 건물 꼭대기 층에서 떨어지는 사람들이 추락 중에 느낄 수 있는 어리석은 희망이 그들 사이에 반짝였다가 사라졌다.

그녀는 나지막하게 말했다.

"어서 가. 사랑해. 너무 늦었어. 가라고. 당장 가라니까. 옷 입어."

그녀는 일어나서 그에게 신발을 가져다주고는 구겨진 셔츠와 양말도 갖다 놓았다. 그는 그 자리에서 뒤를 돌아 손이 마비되기라도 한 듯 손가락을 서툴게 휘저었다. 결국 그녀가 멜빵과 넥타이를 찾아주어야 했다. 하지만 그에게 다가가는 것은 피했고 착용을 돕지도 않았다. 그가 옷을 입는 동안 그녀는 마치 차가 기다리기라도 하는 듯 수시로 안마당을 내려다보았다.

옷을 다 입고 나니 그는 한층 더 창백해 보였다. 피로로 눈이 쾡하게 꺼졌다.

레아는 물었다.

"어디 아프진 않아?" 그리고 시선을 내리며 머뭇머뭇 말했다. "좀…
쉬든가…." 하지만 이내 마음을 다잡고서 마치 그가 크나큰 위험에
빠졌다는 듯 서둘러 말했다.

"아니, 아니, 집에서 쉬는 게 더 편할 거야…. 어서 가, 아직 정오가
안 됐으니까 따뜻한 목욕물에 몸을 담그면 피로가 풀릴 거야. 가면
서 찬바람도 좀 쐬고… 자, 여기 장갑… 아! 바닥에 모자가 떨어져 있
네…. 재킷 걸쳐, 바람이 찰 거야. 안녕, 나의 셰리, 잘 가…. 그래… 샤
를로트한테도 얘기하고…" 그녀는 그를 내보내고 문을 닫았다. 침묵
이 그의 절망적인 헛된 말들에 종지부를 찍었다. 그녀는 셰리가 계단
에서 부딪치는 소리를 듣고 창문으로 달려갔다. 그가 현관 계단을
내려가 안마당에서 우뚝 멈춰 섰다.

"다시 올라온다! 다시 올라온다!"

그녀는 두 팔을 번쩍 들어 올리며 외쳤다.

장방형의 거울 속에서 한 늙은 여자가 숨을 헐떡거리며 같은 동
작을 되풀이하고 있었다. 레아는 자신이 이 미친 여자와 공통점이
있는지 자문했다.

셰리는 대로 쪽으로 다시 걸음을 옮겨 철문을 열고서 밖으로 나갔
다. 보도에 이르자 그는 재킷의 단추를 채워 전날 입었던 셔츠를 감
췄다. 레아는 커튼을 내렸다. 하지만 봄기운이 완연한 하늘과 꽃들
이 만발한 밤나무를 향해 고개를 치켜드는 셰리가 아직 보였다. 그는
걸으면서 가슴을 쭉 펴고 공기를 들이마셨다, 마치 해방된 사람처럼.

옮긴이의 말

　여자의 애칭은 누누(유모)이고, 남자의 애칭은 셰리(소중한 아이)다. 누누인 레아는 쉰 살을 코앞에 둔 사교계 여인이고, 그녀보다 반세기 어린 셰리는 스물다섯 살 청년이다. 레아는 같은 사교계 여인인 셰리의 모친과 절친하고, 셰리를 어릴 때부터 보아왔다. 6년 전어느 밤, 레아와 셰리는 단둘이 있게 되고 키스를 한다. 레아는 처음엔 미처 깨닫지 못했고 다음 순간엔 부인하지만 설렘을 느낀다. '알고 싶었던 걸 확인한' 셰리는 확연해진 상호 간의 감정이 두려워 위악을 떤다. 위악에 자극 받고, 방금 깨달은 자신의 욕망에 충실하기로 한 레아는 다시 키스한다. 셰리는 어린아이처럼 칭얼거리며 무너진다. 그가 어릴 때 레아를 일컫던 호칭인 '누누'가 이제는 '그가 쾌락 한가운데서 마치 구조 요청처럼 그녀에게 던지는 말이' 되었다. 하지만 영원히 지속될 수 있는 관계가 아니다. 레아와 셰리의 모친은 셰리를 동년배의 젊은 여성과 결혼시키고 두 사람은 짐짓 가볍게 이별한다. 하지만 두 사람은 각자 고통스럽고, 고대 그리스 비극에서처럼 함께 고통 받는 것 외에 아무것도 할 수 없다. 그리고 어느 날 자정, 셰리는 불쑥 레아의 방에 들어선다.

『셰리』는 콜레트의 열한 번째 장편소설로 1920년 출간 당시 평단과 대중의 고른 지지를 받았고, 완벽한 서사구조와 심리적 깊이를 결합한 작가 이력의 정점으로 간주된다. 처음으로 3인칭 시점을 사용한 이 소설을 두고 콜레트 자신도 삶의 기록을 정리한 회고록 『개밥바라기별』(L'Etoile Vesper, 1946)에서 이렇게 말한다. '나는 난생처음으로 내가 얼굴을 붉히거나 의심스러워하지 않을 소설, 탄생과 함께 지지자와 반대자들을 집결시킬 소설을 썼다고 깊이 확신했다.' 『셰리』는 1912년에 일간지 마탱에 몇 차례 콩트로 연재되었다가, 1919년에 희곡으로 구상되었고 1920년에 결국 소설로 출간되었다. 이후 여러 에디션을 거치며 연극으로도 무수히 공연되었고 네 차례 영화화되었다. 1922년에 처음으로 각색된 연극의 100회 공연에는 콜레트가 레아 역으로 직접 무대에 서기도 했다.

콜레트는 빅토르 위고가 이전 시대에 그러했듯이, 자신의 시대와 그 문학을 상징하는 대작가로 여겨진다. 아카데미 공쿠르의 두 번째 여성 회원으로 선출되었고 이후에 첫 여성 회장이 되었다. 또한 최초의 여성 마임 배우이기도 했고, 여러 신문과 잡지에 기고한 기자였으며, '콜레트'라는 제목의 다큐멘터리에 직접 출연하여 인물이 타이틀이 되는 다큐멘터리 장르의 포문을 열었다. 다양한 활동 중에도 집필 활동을 쉬지 않아 20편의 장편소설과 5편의 단편집, 30편 이상의 수필과 서간문을 남겼다. 눈을 감았을 땐 프랑스 정부가 여성으로는 처음으로 국장으로 장례를 치렀다.

콜레트 문학은 감각적이고 혁신적인 문체, 대담한 주제, 주체적인 여성상, 복합적인 인물 묘사 등이 특징으로, 우리나라에 보다 잘 알려진 마르그리트 뒤라스, 프랑수아즈 사강, 시몬 드 보부아르를 위시하여 숱한 후대 여성 작가들에게 지대한 영향을 끼친 현대 여성문학의 근간이라 할 수 있다. 예컨대 욕망과 고독을 내포한 사랑, 감각적인 문체, 감정을 자연에 투사하여 풍경과 기후 등으로 내면의 고통을 변주하는 방식(뒤라스), 자유분방하고 반항적인 젊은 여성 주인공, 일견 가볍게 느껴지는 문체로 묘파하는 사랑의 딜레마와 깊은 감정의 통찰, 개인적 행복 추구와 사회 통념 위반, 고통을 기꺼이 감수하는 자유로운 삶의 의지(사강), 성적 자유와 여성의 독립성 주장, 사랑의 권력 관계 탐구(시몬 드 보부아르) 등이 그러하다.

『셰리』는 이러한 콜레트 문학의 특성이 집결된 콜레트 예술의 정수로 평가된다. 섬세한 심리분석(인간 영혼의 모순을 이토록 간접적으로, 이토록 강렬하게 포착할 수 있을까), 탁월한 사회 비판(1920년대 벨에포크[1] 시대의 파리 사교계에 대한 신랄한 풍자), 독립적이고 늙었지만 아직 매력적인 비전형적 인물을 통해 혁신하는 여성의 욕망, 우아하고 감각적이고 암시적인 문체 등이 그것이다.

---

1   Belle Epoque, 문자 그대로 프랑스의 '아름다운 시대'를 뜻한다. 시기적으로는 19세기 말부터 1차 세계대전이 발발한 1914년까지로 경제, 문화, 기술 등 다방면에서 번영을 누린 꿈의 시대, 혁신의 시대였다.

주요 주제는 셰리와 레아의 복합적인 관계를 통한 사랑과 열정 탐구, 그리고 전통적인 성 역할과 사회적 통념에 대한 도전, 노화가 셰리와의 관계에 미치는 파장을 깨닫는 레아를 통한 노화와 상실, 상실에 대한 수긍, 자유에 대한 갈망, 흐르는 시간과 노스탤지어 등이다. 현대에도 여전한 울림을 주는 보편적 주제들이다. 콜레트는 주제를 드러내기 위해 일상의 디테일을 사용한다. 그는 감각적 일상과 일상의 세세한 것들(셰리의 결혼으로 인한 레아의 동요를 잠재우는 청개구리색 뤼벨산 접시에 담긴 꼭지를 따지 않은 딸기, 셰리가 오랜 여행 끝에 집에 돌아와 마시는 홈메이드 콩시에르주 카페오레)로 인물과 이야기에 깊이를 보태고 풍성한 문학세계를 창조한다. 호사스러운 실내 장식이건 파리의 가로수길이건 몸에 딱 맞는 드레스건 감각적으로 그려내어 독자들을 벨에포크 시대의 파리로, 인물들의 마음속으로 데려다준다. 암시와 생략과 거짓말로 채워진 대사는 섬세하고 교묘하다. 모든 인물들은(심지어 레아와 셰리까지, 아니 특히 레아와 셰리가) 행간으로 대화하고, 감정과 욕망을 감추는 방식으로 표현한다. 오히려 이들이 소통한다고 느껴지는 장면들은 이들이 자신의 감정에 집중하면서 상대와 연결되어 있는 감각을 묘사할 때이다(레아는 느릿느릿 손톱을 손질하며 간간이 셰리의 얼굴을, 무엇보다 내리깐 눈꺼풀과 짙게 드리운 속눈썹을 흘끔거렸다/ 어떤 말도 그들이 생기를 되살린 긴 침묵을 깨뜨리지 않았다/ 그의 곁에서 팔꿈치를 침대에 괸 레아는 한 손으로 예전부터 좋아했던 셰리의 기다란 속눈썹을 쓰다듬다가 그의 머리칼을 뒤로 넘겼다/그는 레아가 몇 분 만에 티 나지 않게 화장을 하고 익숙한 향수를 뿌린 것을 알아

차리며 감사했다/그녀는 그가 그녀의 눈꺼풀에 입김이라도 불어넣은 양 두 눈을 수차례 깜빡거리며, 두 사람 사이에 침묵이 자리하도록 내버려두었다/그의 온 얼굴이 기억의 빛으로 환했다).

여러 형태로 나타나는 페티시즘 또한 주목해야 할 부분이다. 특히 레아와 셰리는 여러 물건들과 신체에 깊은 의미를 부여한다. 가령 셰리는 진주목걸이에 집착하는데 이는 그들의 관계와 관능을 대변하는 상징적인 물건이 된다. 셰리는 진주목걸이가 레아의 부재 시에도 그녀의 존재를 구체화하기에 집착하는 것이다.

『셰리』의 백미는 무엇보다 절정이 곧 결말이고 결말이 곧 절정인 엔딩일 것이다. 콜레트는 정보를 조금씩 내어주며 서사를 쌓은 끝에 고조시킨 절정에, 레아와 셰리의 재회에 독자를 높이 올려놓고 이야기를 끝내버린다. 무참하지만 멜랑콜리로 겨우 견딜 수 있는 그곳에 올라가기 전에 부디 조심하시길[2].

---

2 1926년 후속작인 『셰리의 종말』(La Fin de Chéri)이 출간되는데, 콜레트는 이번에야말로 멜랑콜리라는 지지대조차 없는 어둠 속으로 독자를 끌고 가버린다.

옮긴이 **장소미**

숙명여자대학교 불어불문학과와 동대학원을 졸업하고, 파리3대학에서 영화문학 박사과정을 마쳤다. 옮긴 책으로 알베르 카뮈의 『결혼 여름』, 마르그리트 뒤라스의 『타키니아의 작은 말들』, 『부영사』, 『뒤라스의 말』, 프랑수아즈 사강의 『패배의 신호』, 미셸 우엘벡의 『지도와 영토』, 『복종』, 『세로토닌』, 로맹 가리의 『죽은 자들의 포도주』, 파울로 코엘료의 『히피』, 발레리 페랭의 『비올레트, 묘지지기』, 아민 말루프의 『초대받지 못한 형제들』, 에르베 기베르의 『내 삶을 구하지 못한 친구에게』, 베르나르 키리니의 『아주 특별한 컬렉션』, 필립 지앙의 『엘르』, 샤를 페로의 『거울이 된 남자』, 조제프 퐁튀스의 『라인』, 브누아 필리퐁의 『루거 총을 든 할머니』, 『포커플레이어 그녀』, 앙리 피에르 로셰의 『줄과 짐』, 『두 영국여인과 대륙』, 마르크 레비의 『그때로 다시 돌아간다면』, 『두려움보다 강한 감정』 등이 있다.

셰리

초판 1쇄 2024년 12월 31일
초판 4쇄 2025년 2월 17일

지은이 시도니 가브리엘 콜레트
옮긴이 장소미
디자인 이지영
펴낸이 박소정
펴낸곳 녹색광선
이메일 camiue76@naver.com
ISBN 979-11-983753-3-9(03860)